KB002918

스위스
안락사 현장에
다녀왔습니다

스위스 안락사 현장에 다녀왔습니다

초판 1쇄 발행일 2022년 08월 26일
초판 2쇄 발행일 2022년 09월 20일

지은이 신아연
펴낸이 양옥매
디자인 표지혜
마케팅 송용호
교   정 김민정

펴낸곳 도서출판 책과나무
출판등록 제2012-000376
주소 서울특별시 마포구 방울내로 79 이노빌딩 302호
대표전화 02.372.1537   **팩스** 02.372.1538
이메일 booknamu2007@naver.com
홈페이지 www.booknamu.com
ISBN 979-11-6752-185-9 (03810)

스위스
안락사 현장에
다녀왔습니다

신아연

지음

책과나무

첫째, 당신은 조력사로 생을 마감하려는 사람과 스위스까지 함께 가 줄 수 있는가?

둘째, 더 이상 어찌할 수 없는 한계상황에 처한다면 본인도 조력사를 택하겠는가?

여기 두 가지 질문이 있습니다. 이 책은 두 질문에 답한 기록입니다. 이제 저는 2021년 8월 26일 목요일, 한국 시각 오후 7시경, 스위스 바젤에서 64세로 생을 마감한 한 남자에 대한 이야기를 시작합니다. 저의 오랜 독자라는 인연으로 스위스까지 동행했지만, 그전에는 얼굴 한 번 본 적 없던 사람이었습니다. 그분은 폐암 말기 환자로, 두 번의 수술을 받았지만 2년 후 재발했고 저와 연결이 되었을 때는 주치의가 예상한 여명을 석 달 정도 넘긴 상태였습니다. 돌아가실 당시 겉보기엔 아주 건강한 모습이었습니다. 비록 호주 교민이지만 스위스에서 조력사를 택한 한국인으로는 2016년, 2018년에 이어 아마 세 번째일 것 같습니다. 죽음의 전 과정이 본인에 의해 이뤄졌고, 저는 그 과정을 전부 지켜보았습니다.

조력사는 안락사와 함께 인위적으로 생명을 중단하는 방법 이지만, 안락사는 타인에 의한 생명 중단으로, 의사가 약물 을 투여하는 적극적 안락사와 연명치료를 중단하는 소극적 안락사로 나뉩니다. 한편 조력사는 외부의 도움을 받되 스스 로 치사량의 약물을 마시거나 주사를 놓는 자살 행위라고 할 수 있습니다. 우리나라는 2018년 연명의료결정법 시행 이후 소극적 안락사는 합법입니다.

저와 그분의 만남은 글로 이뤄졌으니 이별과 마무리 또한 글로 해야 한다는 생각입니다. 제가 그분과 직접 대화하게 된 것은 2021년 3월 중순 무렵이었습니다. 그러나 그분은 20년 전부터 제 책을 통해 저를 알고 계셨더라고요. 그렇다면 직접 대화는 어떤 계기로 마련되었는지 궁금하실 수도 있겠는데요. 그건 그냥 서로 책을 좋아했기 때문일 뿐 다른 이유를 대는 것은 군더더기에 불과합니다. 책 이야기를 나누는 것만으로 친구가 될 수 있었으니까요.

지금은 이렇게 담담히 말하지만, 본인의 마지막 길을 함께 해 줄 수 있겠냐는 제안을 받고 동행을 결정하기까지 얼마나 두려움과 망설임에 떨었던지요. 저는 원래 다른 사람의 부탁을 잘 들어주는 편이라 인연이 닿은 사람의 마지막 부탁을 들어주는 것은 당연하다고 여겼습니다. 주위에서 제게 왜 거길 가려고 하는지 물었을 때 "그 사람이 원하니까요."라고 일말의 주저함도 없이 대답하곤 했지요. 그러나 막상 날짜가 정해지니 예상하지 못한 심리적 자가 반응을 겪게 되었습니다. 떠나기 3, 4일 전쯤, 감정의 파고를 겪으며 거의 죽을 것 같은 공포와 두려움이 밀려왔던 것입니다. 돌아가실 분의 감정이 이입된 탓이었습니다. 아니 저의 순수한 죽음의 공포 탓이었습니다. 이따금 저는 제가 경험하지 않은 불행한 일에 대한 고통스러운 감정을 꿈에서 대리 경험할 때가 있는데, 이번 경우도 그런가 싶었습니다. 꿈이야 깨면 그만이지만 이 일은 생생히 겪게 될 엄연한 실재의 감정이었기에 그러다 되레 내가 먼저 죽겠는 지경에 이르렀지요.

그 기간 중에 제가 미친 듯이 매달린 몇몇 친구와 지인들이 있습니다. 가지 않아도 되는 온갖 치사한 궁리와 핑계를 짜내다 못해 차라리 당시 절정을 이루던 코로나에 걸려서 못 가게 되었으면 좋겠다는 생각을 진심으로 했습니다. 지금 생각하면 얼마나 우습고 유치한지요. 어쩌면 죽음도 이런 것인지 모르지요. 죽기 전엔 무서워 벌벌 떨지만, 막상 죽고 나면 죽길 잘했다는 생각이 들지 누가 알까요. 여하튼 그 모든 감정의 스펙트럼을 통과한 후 드디어 '얼굴 한 번 본 적 없는' 그 분을 스위스에서 직접 만나게 되었습니다.

그분은 당신의 인생을 '아무리 재미있어도 다시 읽고 싶지는 않은 책'이라고 비유하셨습니다. 그러기에 책의 마지막 장을 덮듯 여기서 그만 끝내겠다며 평생 문학을 사랑해 온 분다운 작별을 고하셨지요. 저는 철학을 보다 사랑하고, 그분은 문학과 운명적 동행을 해 오셨습니다. 그러면서 자신이 잊힐까, 아무도 자신을 그리워하지 않을까 두렵다고 했습니다.

"우리는 플랫폼에 서서 수시로 시계를 확인하며 멀리서 다가오는 기차를 기다리듯 죽음을 기다리는지도 모릅니다. 그러면서 죽음을 두려워합니다. 죽음에 이르기까지 얼마나 걸릴까? 고통스러울까? 숨을 쉴 수 없게 되면 어떡하지? 엉뚱한 소리를 내뱉지는 않을까? 죽는 순간 혼자 있게 되면 어쩌지? 아니, 누가 옆에 있으면 어쩌지? 저마다 느끼는 두려움은 천차만별입니다. 죽음 뒤에 벌어질 일도 두려워합니다. 어떤 이는 죽어갈 때 아무도 알아차리지 못하거나, 가족에게 버림받을까 봐 두려워하며, 다른 이는 추한 모습으로 죽어갈까 봐 두려워합니다. 기력이 쇠하여 누군가에게 의존하게 될까 봐 걱정합니다. 천국이 없을까 봐 두려워하고, 천국이 있어도 들어가지 못할까 봐 두려워합니다. 많은 사람이 가족에게 짐이 될까 봐 두려워합니다. 질긴 목숨을 이어가느라 배우자를 빈곤에 빠뜨릴까 봐 두려워합니다. 자다가 죽을까 봐 두려워하는가 하면 깨어있다가 죽을까 봐 두려워합니다. 저는 주삿바늘을 두려워합니다. 통증도 두렵습니다. 그리고 아무도 저를 그리워하지 않을까 봐 두렵습니다."

이 책을 내는 저의 목적은 내게 인연이 닿은 한 사람의 죽음을 안타까워하고, 그것을 계기로 삶과 죽음에 대한 성찰과, 인생이 얼마나 유한한가를 돌아보는 것입니다. 죽음이 막연한 게 아니라, 생전 안 죽을 것 같은 게 아니라, 동전처럼 삶의 이면에 딱 붙어있는 거란 사실을 그분의 죽음을 통해 확연히 깨달았던 것입니다. 안락사에 초점을 두기 전에 죽음 자체가 이제는 양지로 나와야 합니다. 사는 이야기의 한 자락으로 죽음도 일상 대화의 주제가 될 수 있어야 하는 것이지요. 모든 죽음은 삶을 이야기하고 있으니까요.

그전까지 저는 조력사나 안락사에 대해 별다른 생각을 하지 않았는데 스위스를 다녀온 넉 달 후 어떤 계기를 만나 극적으로 크리스천이 되었습니다. 비로소 안락사 자체에 대해 깊이 생각하게 되었습니다. 그것은 인본주의의 극치에서 선택할 수 있는 것이란 점에서 이제 신본주의로 돌아선 저로서는 선명한 반대 입장에 선 것입니다. 내 생명의 결정권이 내게 있

스위스 안락사 현장에 다녀왔습니다

다는 생각이 인본주의라면, 생명의 주인은 내가 아니며, 따라서 살고 죽는 것은 신의 영역이라는 믿음은 신본주의적이니 두 입장은 타협의 여지가 없습니다.

이 글을 쓰는 동안 한 일간지와 인터뷰를 하게 되었습니다. 알랭 들롱이 스위스에서 같은 방식으로 임종을 맞겠다고 해서 안락사 이슈가 급격히 부각된 것이죠. 매체마다 다투듯 보도가 되었으니 이제 알랭 들롱은 마음을 바꾸고 싶어도 바꾸지 못할 것 같아 걱정됩니다. 통계에 의하면 우리나라 국민 10명 중 8명이 안락사를 찬성한다고 합니다. 제가 거길 다녀왔다는 의미가 곧 안락사에 동의한다는 의미는 아니기 때문에 적이 놀랍고 착잡합니다. 알랭 들롱이 정말 그 선택을 한다면 안락사 논쟁은 또 한 번 급물살을 탈 것입니다. 얼마 전에는 또, 한 영어신문에서 저의 스위스 경험을 듣고 싶다며 연락을 해왔습니다. 자꾸 불이 번지는 것 같아 우려되면서 현장을 다녀온 사람으로서 정면 대응을 해야 겠다는 결심이 섰습니다.

다시 말하지만 저는 안락사를 반대합니다. 내 생명은 내 것이 아니기 때문입니다. 주신 이도 하나님이요, 거두실 이도 하나님이기 때문입니다. 생명의 주인 앞에 돌이킬 수 없는 죄를 짓고 싶지 않습니다. 우리를 살리기 위해 비참하게 돌아가신 예수님의 피 값을 무효화할 수 없습니다. 영생의 소망을 바라본다면 이 땅에 사는 동안 육신의 고통을 포함한 어떤 고난도 잠시 잠깐일 뿐이니까요. 그 간난과 질곡을 다 감당한 후 하나님 품에서 위로받고 하나님 품에서 눈물 닦임 받고 싶습니다.

이로써 '더 이상 어찌할 수 없는 한계상황에 처한다면 본인도 조력사를 택하겠는가?' 라는 두 번째 질문에는 저절로 답이 되었네요. 제가 지금 만난 하나님을 그때 만났더라면 그분께 하나님을 전했겠지만 그러지 못했습니다.

스위스 안락사 현장에 다녀왔습니다

"저는 명상 서적이나 법문집을 아주 오랫동안 가까이 접하고 살았는데 이제 떠날 날이 가까워서 그런지 조금 외람된 말씀이지만, 더는 이런 책을 읽지 않아도 알 수 있을 것 같습니다. 어느 순간부터 임사체험, 전생체험, 윤회 같은 과학적으로 입증되지는 않아도 부인할 수만은 없는 이야기에 더 이상 관심이 가지 않더군요. 왜일까요? 아마도 머지않아 맞이하게 될 일을 당겨 생각하며 시간을 낭비하고 싶지 않아서인 것 같습니다.

이 세상에 오래도록 머무르고 싶다거나 극적으로 증상이 호전되는 기적이 일어나기를 바라지는 않습니다. 그렇다고 하루빨리 떠나고 싶지도 않습니다. 불안하거나 두렵지도 않습니다. 저 같은 중환자들은 의료진의 말 한마디, 검사 결과에 생사가 달려있다고 해도 과언이 아닙니다. 따라서 환자 대부분은 긴장, 초조, 그리고 두려움 속에서 결과를 기다리게 되는데 어느 순간부터 저는 의외로 담담했습니다. 한때 방사선 치료의 후유증으로 인한 식도염으로 통증이 극심하여 식사를 못 했던 때가 있었습니다. 그런 날은 '이제 그만 가고 싶다.'는 생각이 간절했지만 우선 아내가 승낙하지 않을 것이고, 무엇보다 이 정도 고통을 견디지 않고 떠난다면 자살과 무엇이 다른가 하는 생각이 들어 참고 견뎠습니다.

그래서 어느 정도의 고통을 감수하면서 생을 이어갈 것인가를 정해 놓는 것도 중요한 것 같습니다. 저는 앞으로 부작용이 심한 방사선 치료와 항암치료는 받지 않겠다고 스스로 결정해 놓았습니다. 그러나 이 또한 어떻게 될지 알 수 없는 일입니다. 삶과 죽음은 그 누구도 마음대로 쉽게 결정할 수 없는 일 같습니다. 그러나 언젠가 결정할 수밖에 없는 순간을 맞이하게 될 것입니다. 그 순간은 각자가 선택하게 될 것이며 그 누가 강요하거나 막을 수도 없습니다. 태

어나는 것은 순서가 있지만 출구 전략은 각자 알아서 찾아
야 합니다."

　그분이 이런 말을 할 때도 저는 반론을 제기하지 못했습니다. 생명의 주인은 내가 아니며, 따라서 태어나는 것도 죽는 것도 내 선택이 될 수 없다며 그분을 설득하지 못했습니다. 그분이 떠난 지 이제 1년이 되었습니다. 돌아가시기 전 이런 말씀을 하셨지요. 외롭지 않았다면, 외국을 떠돌며 뿌리 없이 살지 않았다면, 가족 기반이 끈끈하고 오랜 세월을 함께 견뎌 온 나무처럼 유대가 깊고 튼실했다면 이런 결정을 하지 않았을 거라고. 울울하고 쓸쓸하던 그 음성이 가슴 아픈 여운을 남깁니다.

조력사로 생을 마감하는 안타까운 선택을 한 지인을 애도하며
2022년 8월 신아연

차례

Part 2

part 1

스위스 안락사 동행 제안을 받았습니다

　시한부 삶을 살아가는 지인이 있습니다. 우리 삶은 모두 시한부지만 그분은 그 선이 보다 명확해졌다는 의미에서 이렇게 부르겠습니다. 호주에 살고 있는 암 환자이고 스위스에서 도움을 받아 생을 마칠 계획을 세워두셨지요. 엊그제 갑자기 그분이 제게 스위스로 조력사 여행을 떠날 때 동행해 줄 수 있을지 의사를 물었습니다. 함께 갈 수 있다면 경비는 당연히 본인이 부담하겠다는 말씀과 함께. 저는 적잖이 놀랐습니다.

저에 대한 그분의 신뢰에 대한 놀라움, 여행의 특성에 대한 놀라움, 제 역할에 대한 놀라움 때문이었습니다. 제가 만약 정말 그분의 죽음 여행(기어이 이 말을 꺼냅니다. 참 많이 망설였습니다.)의 동행자가 된다면, 돌아올 수 없는 길을 배웅하게 된다면 돌아온 이후 제 삶은 많이 달라질 것입니다.

"스위스로부터 안락사가 승인되었다는 소식을 들었을 때 느낌이 어땠냐고요? 그동안 깊이 생각했고 오래 준비해 왔기 때문인지 담담했습니다. 슬픔이나 아쉬움, 회한, 두려움과 같은 감정은 없었습니다. 이제 언제 생을 마감할 것인가만 결정하면 됩니다. 이제 저는 버킷리스트 같은 것은 없습니다. 그냥 하루하루 편안하게 평범한 일상을 살 뿐입니다. 그러다가 때가 되면 스위스로 생의 마지막 여행을 떠날 것입니다. '원 웨이 티켓'을 손에 쥐고..."

편도 티켓을 쥔 그분과 왕복 항공권을 지닌 나, 그 엇갈린 경로를 머릿속에 그려보는 것으로 스위스행은 벌써 시작됩니다. 제 역할이라고 했습니다만, 그분은 글 쓰는 사람으로서 자신의 마지막을 기록해 주기 바라는 마음으로 저를 동반하고 싶어 하셨을 테니까요. 아마도 저는 한 인간이 저 너머의 세계로 떠나는 모습을 상세하고 섬세히 묘사하는 글을 쓰게 되겠지요. 삶의 가치와 죽음의 의미를 바싹 체험하는 계기가 되어 제 글과 주변 사람들을 대하는 태도가 지금까지와는 사뭇 달라질 것 같습니다.

스위스 안락사 현장에 다녀왔습니다

영혼의 내시경

　간밤에 저는 몇 시간 눈을 붙이지 못했습니다. 깊은 번민의 시간이었습니다. 다음 주 저는 큰일을 치러야 합니다. 받지 않아도 되는 잔을 받아놓고, 무르려면 무를 수도 있는 잔 앞에 생 전체가 걸린 듯 고통스럽습니다. 두려워 뒷걸음질 치고 싶습니다. 저의 인간 됨됨이를 의심하게 합니다. 제가 지금껏 써온 모든 글이 위선이었으며, 나와 남을 속여 온 나쁜 사람이라고 대로변에 나가 외친 후 처음이자 마지막인 참회록을 써야 한다는 양심의 질책이 호됩니다.

갑자기 먹물 같은 두려움이 밀려들었습니다. 내가 지금 뭐 하는 건가, 무슨 일을 벌인 건가, 과연 내가 감당할 수 있을까 하는 주체못할 공포심에 휩싸였습니다. 저는 두렵습니다. 저는 요즘 온통 울고 다닙니다. 글을 쓰면서도, 밥을 먹으면서도, 길을 가면서도, 친구, 지인들과 통화를 하면서도 눈물 바람입니다. 그냥 눈물이 쏟아집니다. 바로 위의 글과 같은 마음이기 때문입니다. 이제야 삶의 진실을 마주하기 때문입니다.

저는 어제도 많이 울었습니다. 지금도 가슴팍이 울컥울컥 오르락내리락합니다. 위와 장을 내시경으로 훑듯이 제 마음과 영혼을 내시경으로 샅샅이 살피며 진실되지 못한 삶의 용종을 발견하고 고통스러운 눈물을 쏟았습니다. 또다시 눈물이 흐릅니다. 아무리 인생에 정답이 없다 해도 저는 늘 오답만 고르는 것 같습니다. 언제 한 번이라도 정직해 본 적이 있는지, 나와 남을 진정으로 사랑한 적이 있는지 부끄럽고 또 부끄럽습니다.

스위스 안락사 현장에 다녀왔습니다

8. 13(금)

스위스행 항공권을 받다

　작가님!

　출국 승인이 났습니다. 이제 신 작가님도 함께 오는 분들과 온라인으로 인사를 나눌 수 있도록 조처하겠습니다. 동행인들에게 편하게 마음먹으라고 해도 모두 편하지 않은 듯합니다. 그 마음도 이해합니다. 제 아내는 요즘 통 잠을 못 자며 힘들어합니다. 가까운 지인들에게 작별 인사 겸 조심스레 사정을 말하자 신문에서나 보던 일이 내가 아는 사람에게서 벌어진다니 도무지 믿을 수 없다며, 당일 공항에서 저를 출국

금지시킬 방법을 찾겠다며 전심으로 만류하는 분도 있었습니다. 또 어떤 분은 듣는 것만으로도 너무나 충격적이라며 심장이 약한 자신을 배려해서 말 자체를 그만 중단해 달라고도 했습니다.

항공권을 첨부합니다. 이름의 영문 스펠링 등을 확인해 주시면 감사하겠습니다. 신 작가님, 신중하게 드릴 말씀이 있습니다. 제가 동반을 부탁드린 분 중에 항공권과 호텔 예약까지 모두 마친 상태에서 갑자기 마음을 바꾼 경우가 있었습니다. 자신도 가족을 잃은 고통을 경험했기에 동행하여 위로하고 싶다고 하면서 다른 일행들과 인사도 나눈 상태였지요. 아내에게도 어떤 분인지 설명을 했구요. 쉬운 결정이 아니라는 걸 제가 왜 모르겠습니까. 결정을 코앞에 두고 망설이는 게 당연할 수 있지요. 저는 다 이해하고 모두 수용하지만 제 아내, 그리고 함께 가는 조카와 후배들의 입장에서는 무척 혼란스러울 것 같습니다.

아무리 세상이 각박하다 해도 죽는 일이 흥미나 재미는 아

28　　　　　　　　　스위스 안락사 현장에 다녀왔습니다

니지 않습니까? 신중한 고려 없이 간다 못 간다, 마음을 손바닥 뒤집듯 한다는 것에 실망 됩니다. 이런 사유로 인하여 제가 신중할 수밖에 없음을 양해하여 주시기 바랍니다. 또다시 이런 일이 반복된다면 저희 모두가 받는 상처는 결코 적지 않을 것입니다. 더 이상 사람에게 실망하고 상처받고 싶지 않습니다.

선생님!

어떻게 마음이 편할 수 있겠습니까. 저도 간간이 큰 심호흡을 하며 평정심을 유지하려고 노력합니다. 아내의 마음이 편하다면 그게 오히려 정상이 아니겠지요. 스위스행 항공권을 찬찬히 확인하며 이번 일정이 확연히 수면 위로 떠오르는 것을 온몸과 온 마음으로 느낍니다. 선생님과 저의 어떤 인연이 이리도 깊기에 겨우 5, 6개월 전의 만남이 이렇게 일생일대의 '사건'을 불러오는 계기가 되었을까요. 생의 흘러감의 알 수 없음과 겸허한 수용만이 우리가 할 수 있는 전부가 아닐까를 오소소 소름이 돋는 전율로 감지하고, 또 감지하고 있습니다.

하신 말씀 충분히 이해하고 번복하신 분에 대해서도 이해합니다. 선생님께는 송구하지만, 극한의 상황, 또한 그에 준하는 상황에 놓일 때 보일 수 있는 인간의 보편적 심리이자 태도라고 여겨집니다. 그럼에도 그 결정이 가볍고 즉흥적이며, 호기심과 흥미로 이뤄져선 안 되겠지요. 저를 믿어 주셔서 고맙습니다. 그런데 제가 벌써부터 눈물이 나서... 죄송합니다. 마음 다잡을게요.

곧 뵙겠습니다.

8. 21(토)

생애 마지막 생일

선생님!

늪에 빠진 듯 끈적한 기분은 날씨 탓만은 아닐 것입니다. 요즘은 잠자리에서 눈을 뜸과 동시에 가슴에 저릿한 통증을 느낍니다. 저는 생애 그 어느 때보다 예리하고 진실한 상태이지만 동시에 너무나 두렵습니다. 심장이 오그라드는 것 같아서 잠을 못 자고 있네요. 지금이라도 가지 않겠다고 말씀드리라고 주변에서 저를 말리고 왜 그리 무모한 결정을 했냐며 질책하기도 합니다. 그러니 제가 더 두렵고 흔들리네요. 어떤 지인은 숭고한 이타심이라며 아무나 하지 못할 선행이라며 존경한다고 말하는 사람도 있고요. 또 다른 사람은 얼마나 저를 신뢰했으면 그런 중대한 부탁을 했겠냐며 사람 볼 줄 아는 분이라고도 하네요. 다 좋은데요, 여기까지만 하고 우리 함께 없었던 일로 하면 안 될까요?

오늘이 선생님 생신이네요. 기어이 생애 마지막 생신이 되어야 하는 걸까요? 선생님, 통화할 수 있을까요?

작가님!
저는 이제 아무와도 통화하지 않습니다. 너무 일찍 감정에 빠지면 안 되니까요. 죄송합니다.

D5
아, 어쩌란 말이냐!
날 어쩌란 말이냐!

8. 22(일)

죽으러 가기 위한 코로나 검사

"오늘이 호주에서의 마지막 날입니다. 어제 COVID 테스트를 받았고 결과도 나왔습니다. 오늘 새벽에는 옷장의 옷들을 모두 자선단체에 기부했습니다. 키우던 강아지는 사무실 위층에 사시던 한국인 가정에서 돌봐 주기로 했습니다. 낯선 곳에 맡기는 것보다 훨씬 마음이 놓이네요. 아내와 나는 내일 오후 3시에 출발해 싱가포르, 프랑크푸르트를 경유하여 스위스에 도착할 예정입니다."

새벽 4시경, 그의 문자를 받았습니다. 동행이 결정된 이후 그의 문자를 받을 때면 언제나 늪에 빠진 것 같은 무력감이 몰려옵니다. 연속되는 악몽처럼 검은 휘장에 얼굴이 휘감기는 공포 속에서 이제 더는 미적댈 이유도 여유도 없습니다.

'기어코 내일 출발한다지 않나. 죽기 위해 코로나 검사를 한다, 무슨 이런 말도 안 되는 일이 있나....'

"우리의 여정을 신께 맡깁니다. 신이 마련한 반전이 있을 수도 있지 않을까요? 선생님은 평생 문학작품을 읽으셨으니 그 의미를 누구보다 잘 아실 테죠. 저는 지금 코로나 검사를 받으러 갑니다. 다시 연락드리겠습니다."

오전 9시, 예약한 시간보다 20분 일찍, 일원동 삼성서울병원 코로나 선별 검사소에 도착했습니다. 해외 출국용 코로나 음성 증명서를 발급하는 병원을 찾는 것만도 큰일에 속했습니다. 아니, 이 일 빼고는 준비할 다른 일이 없었으므로 이 일은 큰일이자 유일한 일이었습니다.

스위스 안락사 현장에 다녀왔습니다

무슨 말이냐면 보건소 등 일반 검사소에서는 해외 출국에 필요한 증명서를 발급하지 않기 때문에 병원을 찾아가야 하는데, 코로나 검사를 해 주는 병원이 흔치 않았던 것이지요. 게다가 출국 72시간 전까지만 증명서가 유효하기 때문에 그 시간을 준수하기도 매우 까다로운 일입니다. 우리의 출국일은 24일 화요일 새벽 12시 55분, 따라서 23일 월요일 오후까지는 결과지가 나와야 당일 밤 10시에 인천 공항에서 출국 수속을 할 수 있다는 계산입니다. 21, 22일이 토, 일요일이니 휴진을 감안해서 금요일에 검사하고 월요일에 결과를 받는다면 72시간을 초과하게 됩니다. 따라서 아무리 빨라도 토요일, 최적의 검사 타임은 일요일이라는 결론이 나옵니다. 토, 일요일에도 코로나 검사를 하는 병원을 찾는 것이 급선무였기에 소위 '큰 병원'을 찾아가야 했고 정보를 뒤져 삼성서울병원으로 가게 된 것입니다.

코로나 검사만으로 탈진한 상태인 늦은 밤, 그분에게서 다시 문자가 왔습니다.

"먼 타국 호주에서의 마지막 밤, 내일 아침이면 출발합니다.

깊어가는 밤, 잠이 오지 않네요.

아직은 저 스스로 감정이나 감상에 빠지지 않도록 경계하고 있습니다. 저승사자가 사람들을 데려간다면 저는 스스로 찾아가는 것입니다. 작가님, 힘드실수록 출발하여 돌아올 때까지 매일 매 순간의 감정을 일지 형식으로 기록하길 권합니다. 저는 지금 이 노래를 듣고 있습니다. 가사에 통속적 진솔함이 있네요."

누구나 웃으며 세상을 살면서도
말 못할 사연 숨기고 살아도
나 역시 그런저런 슬픔을 간직하고
당신 앞에 멍하니 서 있네.
언제 한번 가슴을 열고 소리 내어
소리 내어 울어볼 날이
남자라는 이유로
묻어두고 지낸 그 세월이 너무 길었어.

저마다 처음인 듯 사랑을 하면서도

스위스 안락사 현장에 다녀왔습니다

쓰라린 이별 숨기고 있어도

당신도 그런저런 과거가 있겠지만

내 앞에서 미소를 짓네.

언제 한번 가슴을 열고 소리 내어

소리 내어 울어볼 날이

남자라는 이유로 묻어두고 지낸

그 세월이 너무 길었어.

언제 한번 그런 날 올까요

가슴을 열고

소리 내어 울어 울어볼 날이

남자라는 이유로

묻어두고 지낸 그 세월이 너무 길어요.

- <남자라는 이유로> 조항조

8. 23(월)

죽음의 대기 번호 '444'

그 ; 집의 강아지가 자꾸 안 떨어지고 내게 매달리는 것을
억지로 떼어내고 헤어졌어요. 너무 너무 슬프네요.

나 ; 아, 얼마나 마음이 아프고 슬프실지... 강아지는 그
이별의 의미도 모른 채 불안에 휩싸였겠죠. 저는 지
금 병원에 코로나 음성확인서를 받으러 갑니다. 우리
가 만날 시간이 다가옵니다.

그 ; 다들 몹시 바쁘네요.

나 ; 밤 9시 인천공항 집결입니다. 전 그래도 서울에서 떠

나지만, 지방에서 오시는 분들은 더 분주하시겠지
요. 선생님도 안전하게 도착하시기 바랍니다. 곧 뵙
겠습니다.

그분과의 문자 소통에 '안전하게' 라고 써 보내곤 흠칫했습
니다. '안전하게 죽기 위해서 안전하게 이동한다.' 뭔가 말이
안 맞지 않습니까. 삶에서 가장 '안 안전한 것은' 죽음인데,
그 가장 큰 위험을 무릅쓰는 장소로 안전하게, 무탈하게, 사
고 없이 오라니요. 일상에서 별 뜻 없는 상투적 인사가 그분
에게는 어떻게 들렸을까요...

코로나 검사 결과는 예상대로 음성이었습니다. 두려움에 압
도되었을 때는 차라리 코로나에 걸려 스위스를 못 가게 되기
를 간절히 바라기도 했지만, 감정의 파고를 다 겪고 격랑이 모
두 지난 지금은 음성 결과가 나온 것이 다행스럽고 감사했습
니다. 마음이 이다지도 극과 극으로 요동칠 수 있다니 참으로
기이한 일이었습니다. 하지만 가기로 한 거니까 갈 수 있게 된
것에 감사해야 하지 않겠습니까.

확인서를 받기 위해 담당 내과 의사를 먼저 만나 여권을 보여주면서 검사 목적을 다시 인증받은 후 1층 로비로 내려와 의무기록을 영문으로 바꾸는 절차를 거쳤습니다. 원무과에서 비용을 내고 영문증명서를 발급받는 일만 남은 상황에서 휴일이 지난 후 월요일 종합병원은 몹시 붐볐습니다. 병원 로비는 명절 전 서울역 대합실을 방불케 했지요. 대기 번호표를 뽑는 데만도 길게 줄을 서야 했으니까요. 드디어 내 차례, 해당 버튼을 누르고 받아 든 번호를 보자 가슴에서 '쿵' 하는 소리가 들렸습니다 '444번'. 설혹 대기 번호에 4444번이 있다고 해도 444번으로 충격은 이미 충분했습니다.

실상 '죽을 사(死)' 자와 '숫자 4'는 아무 연관이 없지요. 평소 같으면 의식조차 못 했을 일이지만 사안이 사안인지라 절로 의미가 부여되는 것도 어쩔 수 없었습니다. 죽음 배웅을 앞두고 상당히 예민해져 있던 상태였으니까요.

'이분이 기어이 돌아가시려는 걸까. 정말로 그렇게 떠날 운명인 걸까...'

'444'가 찍힌 번호표로 인해 착잡하기 이루 말할 수 없던 바로 그 순간, 문자가 날아들었습니다.

"아내와 나는 지금 출발합니다. 스위스에서 만납시다."

저는 흠칫 놀랐습니다. 마치 불순한 생각이 들킨 것처럼. 그리고는 가엾고 애달픈 그분의 운명에 가슴을 쓸어내렸습니다. 모든 것이 마귀의 장난 같고 배후에서 사탄이 우리를 갖고 노는 것 같았습니다.

하긴 돌아가신 이어령 선생도 죽음과 아주 가까이 계실 무렵 『이어령의 마지막 수업』에서 "요즘 꾸는 꿈의 8할이 악몽"이라고 하시면서 "죽음이 내 곁에 누워있다간 느낌…. 시계를 보면 4시 44분 44초일 때도 있다."고 하셨으니까요.

드디어 코로나 음성 증명서를 받아 쥐었습니다. 이제는 시간이 별로 없습니다. 아직 가방도 싸두지 않았는데 말입니다. 준비를 위한 준비를 할 정도로 준비성이라면 둘째인 적 없는 저였지만 이번만큼은 가방 꾸릴 엄두도, 기운도 나지 않았던 것입니다. 차일피일 미루다 떠나는 당일이 되어서야 서두르게 된 거죠.

집으로 가는 길에 약국에 들러 우황청심환을 샀습니다. 환이 아니라 마시는 형태였습니다. 효과가 바로 나타나기 때문에 이걸로 권하고 싶다는 약사의 말에 '지금 내가 무슨 일을 앞두고 있는지 당신은 죽었다 깨어나도 모를 것이야' 하고 속엣말을 하느라 아무 대꾸도 않고 약값을 지불했습니다. 그저께는 병원에서 영양제 링거 한 병을 맞았습니다. 가기도 전에 탈진할 것 같아서요. 우황청심원도, 수액 영양제도 생전 처음입니다.

마음이 급해지기 시작했습니다. 동행들과는 인천 공항에서 밤 9시 집결이지만, 친구가 공항에 나와 주기로 했기 때문에 친구와 약속한 6시에 맞추려면 적어도 4시에는 집에서 출발해야 했습니다. 의식개발 프로그램을 통한 수행을 하고 있는 제 친구는 제가 스위스를 가기로 결정이 난 이후부터 의식으로 동행해 왔습니다. 제가 두려움에 떨 때는 그 마음이 누그러질 때까지 밤낮 가리지 않고 함께 해 주던 고마운 친구입니다. 혼자 가기 두렵다며 함께 가자고 조르기까지 했습니다. 친구는 물론 갈 수도 있지만, 진심으로 가고 싶은 마음도 있지만, 중요한 것은 자신은 초대받지 않은 사람이지 않냐며 저를 달랬습니다.

겨우겨우 가방을 꾸려 집을 나설 때는 아침나절 간간이 뿌리던 비가 제법 굵게 추적였습니다. 코로나로 인해 국제선 운행이 거의 마비된 상태라 집에서 가장 가까운 서울대 정문 앞에서 출발하는 공항 리무진 버스가 끊겼다는 사실을 미리 알았기에 망정이지 공항버스를 기다렸다면 낭패를 볼 뻔했습니다. 출발지인 인천공항 제2터미널까지 지하철을 이용하기로 하고 당산역에서 김포공항을 거쳐 가는 공항선을 이용하여 2시간을 가는 동안 또 한 차례 걷잡을 수 없이 눈물이 흘렀습니다. 스위스 동행이 결정된 후 왈칵왈칵 솟던 눈물이 열차 밖 풍경을 초점 잃은 눈으로 응시하는 동안 또 쏟아졌던 것입니다. 그때마다 드는 생각은 '착하게 살아야 한다. 시간을 아껴야 한다. 인생은 곧 끝난다.' 는 것이었습니다. 쓰리듯 가슴이 아프고 설움이 일었습니다.

인천공항 제2청사는 처음이었습니다. 그리고 그렇게 괴괴한 공항 분위기도 처음이었습니다. 썰렁한 정도를 넘어선, 비 내리는 여름밤의 괴괴한 공항과 궤궤한 마음, 참 잘 어울린다 싶더군요. 눈에 보이지 않는 코로나가 눈에 보이는 모든 것을 장악한 위력이라니. 아무리 뜨고 내리는 비행기가 대폭 줄었다 해도 속된 말로 개미 새끼 한 마리 보이지 않는 출국 수속대와 우주복 차림의 출입국 관리원들, 청사 내에 입점한 카페나 식당, 상점들은 개점과 동시에 폐점을 맞은 듯 집기나 물건들이 포장도 뜯지 않은 채 문 닫은 내부 구석에 방치되어 있었습니다. 유일하게 문을 연 음식점은 코로나로 인해 입국자들은 아예 이용하지 못하게 막아 공항 관계자나 근무자들의 전용 구내식당 같은 느낌을 주었습니다.

한마디로 을씨년스럽기 짝이 없는 모습이었습니다. 친구가 도착했습니다. 저는 비로소 두려움에서 벗어날 수 있었습니다. 누군가와 함께 있다는 것만으로 그간의 옥죄던 마음의 빗장이 다소 느긋해진 느낌이었습니다. 나를 위로하기 위해 공항까지 나와 준 참 고마운 친구입니다. 저는 친구와 별 의미

스위스 안락사 현장에 다녀왔습니다

:: 코로나로 인해 출국 수속 승객이 전혀 보이지 않는 인천공항 제2청사 ::

없는 수다를 마구 떨었습니다. 오직 두려움에서 벗어나기 위해. 한 시간쯤 지나자 단체대화방에서 출국에 필요한 제반 서류와 진행 사항 등을 주고받던, 일행 중 대표 격인 그분의 40세 조카가 전화로 저를 찾았습니다.

저를 포함하여 5명이 함께 떠납니다. 앞서거니 뒤서거니 도착하여 입국 수속을 마치고 서로 어색한 인사를 나눴습니다. 어찌 그렇지 않겠습니까. 그 상황에서 명랑하게 인사한다는 건 심리 장애가 있지 않은 이상 힘든 일이지요. 조카, 후배, 지인, 그분의 처제 등 모두가 서로서로 첫 만남입니다. 여행목적이 목적이니만큼 인사치레를 할 경황도 없이 모두 굳어 있었습니다. 제 친구는 제가 출국장으로 깊숙이 들어가는 것을 끝까지 지켜본 후 손을 흔들어 저를 배웅했습니다. 그때 저는 보호자를 잃은 어린아이 같은 심정이었습니다.

8. 24 새벽(화)

네덜란드를 경유하여 스위스로

어째서 이렇게 아무도 없을까요? 아무리 밤 12시가 넘은 시각이라지만 주변에 다른 여행객들이라도 있다면 무심히 눈길도 주면서 긴장된 마음을 누그러뜨릴 수 있으련만. 비즈니스석 이용자인 우리들은 네덜란드 국적기가 함께 사용하고 있는 대한항공 라운지로 안내되었습니다. 라운지 바에서 요깃거리와 음료수 등을 챙겨 모여 앉았습니다. 또다시 인사를 나누는 둥 마는 둥 하면서도 기다렸다는 듯이 각자의 속내를 드러냈습니다.

그 속내란 '어떻게 하면 그를 설득하여 마음을 바꾸게 할 것인가'였습니다. 우리는 각자 '묘수'를 짜내기 위해 머리를 모았습니다. 비로소 활력이 돌고 대화 중에 맥락 없이 그분과의 친분과 연륜을 감 잡게 했습니다. 저는 얼굴 한 번 본 적도 없는 인연이지만, 다른 분들은 가족을 제외하고도 20년 이상 가깝게 지낸 인연들이었습니다. 당연한 일이지요. 누군들 인생의 마지막을 함께 할 사람을 아무나 고르겠습니까. 상대가 응해줄지 말지는 또 다른 문제이고 우선 본인은 선별에 선별을 하지 않았겠습니까. 오래되고 두터운 친분들 속에 저는 겉돌 수밖에 없었고 무슨 말을 할 입장도 아니어서 그저 듣기만 했습니다.

"거기까지 간 사람 중에서 막상 닥쳐서는 마음을 바꾸고 다시 돌아오는 경우가 많다고 해요. 70%는 마음을 돌린다지요? 우리가 잘 설득해서 한국으로 모시고 옵시다. 한국에서 치료받도록 잘 말씀드려 보지요. 의료의 질적 면에서, 특히 암 환자 치료는 한국이 호주보다 앞서 있다고 봐야죠."

"내가 아는 한 그 형님은 한 번 다잡은 마음을 돌릴 분이 아닙니다. 그런 결정을 하기까지 얼마나 고심하고 또 고심했 겠습니까. 완벽주의자인데다 매사 지나치게 치밀하신 분이라 우리 말을 듣고 마음을 돌리시진 않을 것 같아요. 설득이 안 되지 싶네요."

"아들이라는 변수가 등장했잖아요. 지금까지는 아들을 만 날 수 있을 거라는 생각을 한 적이 없다가 이번에 거의 20년 만에 부자가 상봉하게 되잖아요. 앞으로 계속 만날 수 있을 거라는 희망을 가진다면 다시 한번 치료를 받아보고 싶지 않 을까요?"

* 고인은 아들이 대여섯 살 무렵 이혼했습니다. 이후 맨몸으로 혼자 호 주로 이주, 20여 년을 떨어져 살면서 단 한 차례 아주 잠깐 아들을 만 났고, 조력사를 계기로 용기 내어 아들에게 연락을 취했습니다. 돌아 가시기 하루 전날 극적인 부자 상봉이 있었으나, 만난 지 24시간이 채 되지 않아 고인은 아들의 배웅을 받으며 세상을 떠났습니다.

듣고 보니 그 자리에 함께했던 그 누구도 그분의 죽음을 도와주러 간다는 생각을 하지 않았던 것입니다. 저 역시 그랬습니다. 그런 생각이었다면 애초 한 발도 뗄 수 없었을 테니까요. 막상 정말 돌아가신다 해도 그건 그때 일이고, 눈앞에 닥치지 않은 상황에서는 그렇게 생각할 수가 없었습니다. 이건 겪어본 사람만이 알 수 있는 심리입니다.

"말씀 중에 실례합니다만, 손님들 네덜란드 가시는 것 아닌가요?"

"네, 맞는데요. 왜 그러시죠?"

"파이널 콜이 계속 나오고 있는데 아직도 여기 계시면 어떡하나요? 어서 서두르세요."

모두 화들짝 놀랐습니다. 그분의 조력사를 막을 궁리를 하느라 탑승 시간이 다 된 줄도 몰랐던 것입니다. 5명 중에 아무도 의식하지 못할 정도로 긴장된 시간이었던 거죠. 의아히 여긴 대한항공 승무원이 우리의 행선지를 물으러 왔을 때까지도 다급한 상황에 대한 감각이 없었으니까요. 그제야 불에 덴 것처럼 현실로 돌아와 각자 가방을 챙겨 출국 장소를 향해 뛰기 시작했습니다. 숨이 턱에 닿도록 달리는 동안 우리를

스위스 안락사 현장에 다녀왔습니다

찾는 어나운스먼트가 계속 나왔고, 급한 마음 탓인지 몰라도 대한항공 라운지에서 비행기를 타는 곳까지의 이동 거리는 족히 300미터는 되는 것 같았습니다. 자정을 넘긴 시간대도 시간대지만 여행자가 워낙 없어 사방 눈이 휘둥그레질 규모의 면세점들이 일제히 셔터를 내린 낭하를 내달리는 우리는 마치 국제 미아, 아니 우주 미아라도 된 듯했습니다. 우리 일행의 수런대는 말소리와 다급하게 내딛는 발소리만이 텅 빈 청사를 울렸습니다.

우리가 탑승함과 동시에 비행기 문이 등 뒤에서 닫혔습니다. 숨을 고르며 어슷비슷한 위치에 배정되어있는 좌석에 앉자마자 동체가 움직이기 시작했습니다. 자정이 지났지만 온종일 내리던 가랑비는 아직도 그치지 않았고, 기내 창밖의 눅눅해진 불빛 아래 드리운 안개가 슬픈 어둠을 자아내고 있었습니다. 서서히 활주로로 진입하는 동체 주변으로 빗물과 불빛에 반사된 아스팔트가 번들거렸습니다. '이 비행기가 호주로 가는 거라면, 그리운 내 아이들을 만날 수 있는 호주행 비행기라면...' 엉뚱한 생각이 끼어들었습니다. '아니, 어디라도 좋다, 스위스로만 가지 않는다면…' 혼자 있을 때의 절박한 마음이 다시금 고개를 내밀었습니다.

출국 수속대에는 개미 한 마리 없었는데 언제 어디서 절차를 밟았을까 하는 의아함이 들 정도로 기내에는 제법 승객들이 있었기에 이 사람들은 지금 우리가 무슨 일을 하러 가는지 짐작이나 할까 하는 상념이 들었습니다. 드디어 이륙.

8월 24일 12시(자정) 55분에 인천공항을 출발하여 암스테르담을 향해 11시간 20분을 날아간 네덜란드 국적기 KLM ROYAL DUTCH AIRLI. 한국보다 7시간 느린 시차로 인해 암스테르담 도착은 같은 날 새벽 5시 15분. 암스테르담에서 5시간을 기다려 스위스 바젤로 가는 비행기를 갈아탔습니다. 암스테르담에서 바젤까지 비행시간은 고작 1시간 15분이지만 직항이 없으니 하는 수 없는 일입니다.

작은 비행기로 오가는 단거리 구간은 고도가 낮아 새털처럼 보드라운 흰 구름 사이사이로 스위스 인접 국가들의 목가적인 풍경을 비행기 창 아래로 내려다 볼 수 있었습니다. 네

스위스 안락사 현장에 다녀왔습니다

덜란드에서 대기하던 중에 그분에게서 받은 문자가 떠올랐습니다.

"창 아래 풍광이 참으로 아름답고 아기자기하군요. 제게는 모든 것이 세상 마지막 모습이라 더욱..."

8. 24 오후(화)

드디어 그를 만나다

　드디어 그분을 만났습니다. 우리보다 약 3시간 전쯤 도착해서 호텔 로비에서 아내와 함께 우리를 기다리고 계셨습니다. 그 호텔은 조력사 시행 단체에서 소개해 준 곳이라고 했습니다. 생의 마지막 여행 대합실, 죽음의 대기소, 일반 손님이 전혀 없는 건 아니겠지만 이곳을 거쳐 간 많은 투숙객들이 자신의 선택으로 생을 마감했다고 생각하니 깔끔하고 단아한 외형에도 불구하고 으스스한 느낌이 드는 것도 어쩔 수 없었습니다. 4일을 머무는 동안 혼자 엘리베이터를 타거나 방이 늘

　　　　　스위스 안락사 현장에 다녀왔습니다

어서 있는 긴 복도를 지날 때면 등이 선득해지곤 했으니까요.

　건강한 사람이라면 비행기를 오래 탄 탓이라고 여겨질 정도의 약간 지쳐 보이는 것만 빼고는 그에게서 말기암 환자라 할만한 모습은 찾아볼 수 없었습니다. 중간 키에 약간 말랐지만, 투병으로 살이 내린 것 같지는 않고 원래 체질이 그런 것 같았습니다. 모자를 쓴 것으로 보아 아마도 두어 차례 항암 치료 후 머리카락이 성긴 상태거니 짐작할 수 있는 것이 환자라는 느낌의 전부였습니다. 게다가 활기차기까지 해서 장시간 비행으로 맥이 빠져 있는 건 오히려 우리였습니다. 저는 엉거주춤 일행 뒤에 서서 눈인사를 했지만 여전히 어색함을 감출 수가 없었는데 그분이 앞으로 쓱 나서며 경쾌하게 악수를 청했습니다.

　"신 작가님, 와 줘서 고마워요. 먼 길 오느라 고생 많았지요?"

　그가 호스트 격으로 분위기를 밝게 띄우자 우리의 긴장도 누그러지면서 약간의 농담을 주고받을 수 있었습니다.

"뭐야, 형님, 멀쩡하구먼. 이렇게 건강한데 왜 이런 결정을 하고 그래요."

"내가 너무 생생해서 서운한가? 하지만 모두들 따끈할 때 날 만져 봐. 이제 이틀 후면 나는 싸늘하게 식을 테니까."

다시 분위기가 차갑게 가라앉았습니다. 짐짓 명랑한 척 약간 들뜬 음성, 다소 높은 음색으로 우리를 맞던 그분 옆에 우연히 섰다가 색색거리는 가쁜 숨소리를 들었습니다. 그제야 폐가 상한 사람이라는 생각이 퍼뜩 스쳤습니다.

"자, 모두 올라가 짐부터 풀라고. 이래 봬도 여기선 고급 호텔인데 한국과 비교하면 실망할 수밖에 없어. 한국이야 세계 최고 수준이니까. 물가가 워낙 비싼 나라라서 역시 한국과 비교해서 시설에 비해 비용도 만만찮고."

직장이나 단체의 소규모 수련회의 리더 같은 말투로 인해 우리는 또다시 그분의 '멀쩡함'에 당황할 수밖에 없었습니다.

:: 스위스 안락사 시행 단체의 소개로 일행이 바젤에서 묵은 호텔 ::

두 내외를 비롯, 총 7명이 4개 방을 배정받은 후 간단히 짐을 풀고 한 방에 모였는데, 와인과 맥주, 안주들과 스낵, 과일, 컵라면까지 준비된 걸 보곤 깜짝 놀랐습니다. 다른 건 그렇다 치고 컵라면이라니! 그분이 조카에게 한국을 떠나기 전 사 오라고 전화를 했다는 것입니다. 며칠 동안 스위스 음식만 먹다 보면 칼칼한 라면이 생각날 거라면서. 우리를 위한 배려였던 것입니다. 도대체 그는 어떤 사람이기에 지금 이 상황에서, 기어이 꼬집어 말하자면 자기가 죽는 마당에 그런 것까지

챙길 수 있는 것인지. 늘 이런 식이니 허둥대며 어쩔 줄 몰라 하는 건 항상 우리였습니다.

일인 소파에 앉은 그를 중심으로, 침대에 걸터앉기도 하고 바닥에 앉기도 하고 부족한 의자는 배정된 다른 방에서 가져다 앉기도 하면서 그렇게 7명이 빙 둘러앉았습니다. 마치 독배를 들기 전 소크라테스와 제자들이 마지막 대화를 나누는 장면처럼 그의 거침없는 '고별사'가 지칠 줄 모르고 이어졌습니다. 중간중간 말을 자르며 누가 먼저랄 것도 없이 번갈아 가며 조력사 결정을 번복해 줄 것을 호소했지만, 그때마다 그는 들어주기 곤란한 부탁을 받는 사람마냥 난감한 표정을 짓거나 아예 못 들은 척했습니다. 낭패감과 자괴감에 빠진 우리는 교대로 화장실이나 복도로 나가 눈물을 훔치고 돌아오곤 했는데, 그렇게 빨간 토끼 눈을 하고 제자리로 돌아올지언정 당사자 앞에서 울 수는 없었습니다.

그분은 당신의 인생을 '아무리 재미있어도 다시 읽고 싶지는 않은 책'에 비유하셨습니다. 그러기에 책의 마지막 장을 덤덤 여기서 그만 끝내겠다며, 평생 문학을 사랑해 온 분답게 말씀하셨습니다. 다음 날을 위해 자리를 마무리하면서, "무지막지한 통증을 참느라 침대 매트리스가 온통 젖을 정도로 진땀 흘리던 때가 있었지요. 내가 그렇게 아파보지도 않고 이런 결정을 한다면 자살과 다를 바 없으니까..." 라며 말끝을 흐려 기어코 우리를 울렸습니다.

8. 25(수)

귀천을 하루 앞둔 날

아침부터 코로나 검사를 받으러 갔습니다. 스위스 입국을 위한 코로나 검사를 한 게 엊그제인데 하루 만에 또 검사로 분주한 이유는 이틀 후 한국으로 돌아가는 비행기를 타기 위해서입니다. 호텔 앞에 대기해 있는 택시에 6명이 모두 올라 어디가 어딘지도 모르는 채 검사소를 찾아갔습니다. 이번에는 그의 아내도 함께. 그는 남겨둔 채. 그는 코로나 검사를 할 필요가 없으니까요. 우리와 달리 그가 가는 곳에는 코로나 음성 판정서가 필요 없을 테니까요.

스위스 안락사 현장에 다녀왔습니다

스위스는 큰 폐창고를 코로나 검사소로 사용하고 있었습니다. 우리나라처럼 길게 줄이 늘어선 상황은 아니었지만, 꾸준히 한두 명씩 출입구로 들어가는 모습이 마치 수용소 문턱을 넘는 분위기 같았습니다. 직업적 호기심이 발동하여 사진을 찍으려고 하자 관계자들이 제지했습니다. 우리 차례가 되어 검사 용지를 받았는데 검사지가 스위스 말로만 되어 있어 기입에 애를 먹었습니다. 도와주는 사람도 없었고요. 심지어 여자인지 남자인지 체크하는 성별 구분란도 우리는 구분하지 못했으니까요. 장님끼리 코끼리 더듬듯 서로 머리를 맞대고 '이건 이런 뜻이 아닐까, 저건 저런 의미일 것 같은데.' 하면서 겨우 칸을 메웠지요.

다행히 접수 직원은 매우 친절하고 영어로 대화할 수 있어서 그때부터는 별 어려움이 없었습니다. 27일 금요일, 귀국하기 위해 공항으로 갈 때 입국용 결과지를 받기로 하고 그 전에 개별 문자로 각자의 검사 결과를 미리 알려주겠다고 했습니다. 설마 이틀 사이 양성이 나올 리는 없겠지만 만약 양성이 나오면 누구든 한국으로 돌아가는 비행기를 탈 수 없게

되는 것입니다. 물가가 비싼 나라인 만큼 6명의 코로나 검사
비도 상당히 나왔는데, 당일에는 받지 않고 나중에 한국으로
청구하겠다고 해서 영어를 제대로 못 알아들었나 하고 우리
의 귀를 의심했습니다. "아니, 우릴 언제 봤다고, 우릴 뭘 믿
고, 참 이상한 나라도 다 있다."라며.

우리로선 이해 못 할 일이 한 번 더 있었으니, 그분을 영원
히 보내드린 후 택시를 불러 호텔로 돌아오면서, 택시 기사에
게 우리를 다음 날 공항에도 데려다 달라고 하자, 알았다고
하면서 그럼 요금은 내일 한꺼번에 받겠다며 그냥 가는 것이
었습니다. "아니, 우릴 언제 봤다고, 우릴 뭘 믿고, 우리가 마
음을 바꿔 다른 택시를 불러 공항으로 가면 어쩌려고, 그럼
오늘 요금을 떼일 텐데, 참 이상한 나라도 다 있다."며 연이어
같은 말을 되풀이했던 것이죠.

아무튼 아침나절을 그렇게 어수선하게 보낸 후 다시 호텔로
돌아오며 스위스로 떠나기 이틀 전 고인이 제게 주신 문자 생
각이 났습니다.

스위스 안락사 현장에 다녀왔습니다

"신 작가님, 우리가 가는 바젤은 라인강을 국경으로 프랑스, 독일과 맞닿아 있는 스위스 제2의 도시로 지금이 일 년 중 가장 따뜻한 계절이라 여행하기 아주 좋다고 하네요. 스위스는 3초마다 감탄사가 쏟아지는 대자연을 품고 있습니다. 전 세계에서 가장 아름다운 기차 여행지는 단연 스위스라고 합니다. 웅장한 알프스, 목가적인 시골 마을, 수정처럼 맑게 빛나는 호수, 그리고 신비로운 빙하까지 기차를 타고 감상할 수 있습니다. 우리의 둘째 날에 기차 여행이 가능할 것입니다. 저는 담당 의사와 미팅 일정이 있어 동행할 수 있을지 모르겠지만 최대한 노력해 보겠습니다. 작가님께 잊지 못할 추억이 되었으면 좋겠습니다."

막말로 죽으러 가는 사람이 이런 말을 할 수 있었으니, 천상병의 〈귀천〉에서처럼 참말로 소풍으로 생을 마무리하신 분이었지요. 하지만 스위스에 도착하자마자 코로나 검사로 온통 시간을 보낸 통에 막상 여행을 하지는 못했던 거지요. 사실 그 와중에 여행은 무슨 여행이었겠습니까.

호텔로 돌아오자 전날처럼 로비에서 그분이 우리를 맞아주셨습니다. 우리가 코로나 검사를 하는 사이 조력사 단체에서 담당 의사가 찾아왔고, 마지막 면담을 한 후 '최종 사인'을 하셨다고 했습니다.

"두렵지는 않은데 어릴 때 달리기 출발선에 섰을 때처럼, 아니면 대중 앞에서 연설하기 전처럼 가슴이 두근거리고 긴장되네요. 어떤 면에선 설레기도 해요. 내일 아침에 데리러 온다고 했어요. 저승사자가 찾아오는 거지만 엄밀히는 내가 저승사자를 찾아가는 거지."라고 하셔서 우리를 또 한 번 망연한 두려움 속으로 밀어 넣었습니다. 본인은 우리의 그런 감정과 마음을 아는지 모르는지, 그렇게 말씀하시곤 혼자 있고 싶다고 했습니다. 마침 점심때가 되었고 본인은 밥 생각이 없다며 우리더러 점심을 먹고 오라고 했습니다.

우리는 스위스에 온 후 처음으로 일시적 해방감을 느끼며 호텔 밖으로 나가 주변을 둘러보았습니다. 비록 'D-Day'를 하루 앞두고 있었지만, 기온이 온화하고 날씨가 맑았기 때문

:: 숍과 레스토랑이 늘어선 광장을 한가로이 거니는 관광객과 스위스 현지인들 ::

에 송곳 같은 긴장도 잠시 누그러졌고 무엇보다 음식이 주는 위안의 힘을 그때처럼 요긴하게 느껴 본 적이 없었습니다. 호텔 앞 작은 광장의 노천 식당에 앉으니 제법 관광객 같은 느낌이 들면서 날카로운 칼을 칼집에 넣어두었을 때처럼 잠시 마음의 쉼이 찾아왔습니다. 그때 카톡 메시지가 왔습니다.

"신 작가님, 거리를 오가는 사람들의 모습이 평온하고 보기 좋네요. 창밖을 바라보는 지금 이 순간 참 행복합니다. 식사 맛있게 하세요. 함께해 주셔서 고맙습니다."

잠시 들떴던(솔직히 들뜨지는 않았지만) 기분을 들킨 것처럼 죄책감에 다시금 마음이 아려왔습니다. '왜 나는 저분을 말리지 못할까. 왜 우리 모두는 이토록 무력할까...' 다시금 혼란스럽고 어두운 상념이 밀려오려는 것을 주문한 음식으로 밀어내며 몇 입 떠넣는데, 언제 왔는지 한 한국 청년과 제 또래 여성이 다소 상기된 표정으로 식사 테이블 옆에 서 있었습니다. 우리보다 하루 늦게 출발한 아들과 지인이었습니다. 그에게는 유일한 자식입니다. 이제 대학 졸업반이라는데, '좀 더

나이가 많았더라면 이 상황에 덜 부대낄 텐데.' 하고 안타까
웠지만, 다부진 체격에 늠름하고 씩씩한 인상이라 그나마 안
심이 되었습니다. 하지만 상황이 상황인지라 긴장되고 어색
한 표정을 누그러뜨리질 못하는 모습이 안쓰러웠습니다. 어떻
게 이런 부자 상봉이 다 있을까요. 같이 살아온 것도 아니고
거의 20년 만에 만나는 계기가 아버지의 안락사라니, 그것도
세상 떠나기 하루 전에. 이쯤 되면 소설이라고 해도 지나치게
작위적이란 이유로 외면을 받을 것 같습니다. 이따금 현실은
소설보다 더 소설적이라더니...

　식사는 기내에서 했다며 아들은 바로 아버지를 만나러 가
겠다고 호텔로 향했고 우리는 점심을 마저 먹고 뒤따라갔습
니다. 새로 낸 여권이 단 하루만 늦게 나왔어도, 코로나 검사
가 예정보다 단 하루만 늦었어도 아들은 참석하지 못했을 것
입니다. 그러기에 그분은 꼭 돌아가실 운명일까 하는 생각과
동시에, 이산가족상봉처럼 아들을 통해 이제부터 희망을 가
질 수도 있지 않을까 하는 기대가 스쳤습니다.

식사를 마치고 돌아와 로비에서 잠시 서성이는데, 아들과 둘만의 대화로 다소 상기된 표정의 그분은 내처 우리와 개별 만남의 시간을 청하셨습니다. 너무나 긴장되는 순간이었습니다. 무슨 말을 해야 할까, 그렇게 많은 글을 쓰고 말도 잘하는 나였지만 그 순간만큼은 세상의 모든 언어가 멈춘 것 같았습니다. 아내가 자리를 비운 부부의 숙소에 들어서자 소파 옆 작은 탁자에 제법 두툼한 흰 봉투와 그 옆에 책이 두 권 놓여있었습니다. 마이클 A. 싱어의 『상처받지 않는 영혼』과 류시화가 엮은 잠언 시집 『지금 알고 있는 걸 그때도 알았더라면』이었습니다. 봉투에는 1000 호주 달러(약 100만 원)가 들어있었습니다. 스위스까지 동행해 준 것에 대해 책과 함께 당신의 고마움의 표시라고 했습니다.

마주 앉도록 된 자리 배치가 아니었기에 그분 옆에 나란히 앉았습니다. 옆으로 고개를 돌려 눈을 보려고 했지만 애써 눈길을 피하고 있다는 걸 바로 알아챘습니다. 왜인지 모르겠으나 그분은 대화 내내 눈을 마주치지 않으셨지요. 눈을 마주치면 마음이 약해질까 봐 그랬을까요? 아니면 모종의 열등의

68

스위스 안락사 현장에 다녀왔습니다

식이었을까요? 죽음이 삶에 대해 갖는 열등의식, 마치 늙음이 젊음에 대해 느끼는 그것처럼. 아, 저는 잘 모르겠습니다. 저는 죽어가는 사람이 아니기 때문에 죽어가는 사람의 마음을 완전히 읽어내고 온전히 공감할 수 없었습니다. 다만 저도 그분처럼 앞만 보고 이야기하는 것이 그분에 대한 배려의 전부였습니다.

자신을 위한 글이 아닌, 다른 사람을 위한, 사람을 살리는 글을 쓰라시며, 지금처럼 꾸준히 노력한다면 그런 작가가 될 수 있을 거라고 하셨지요.

'사람을 살리는 글을 쓰라는 사람이 본인은 죽어가다니. 내 글이 그에게는 아무 힘이 못 되는구나. 내 글은 20년 독자에게도 아무 힘이 없구나...'

여기까지 와 줘서 고맙다는 말씀과 함께 인연이 닿아 본인의 이야기를 글로 써 준다면 고맙겠다는 부탁 아닌 부탁도 하셨습니다. 10분도 안 되는 짧은 만남이었지만 제 인생에서 그보다 더 강렬하고 인상적인 순간이 있었을까요.

"아드님이 왔잖아요. 아들을 다시 만나셨으니..."
"과욕을 부리면 안 되지요. 아비로서 뭘 해 준 게 있다고..., 이렇게 얼굴 보게 된 것만도 감사해요. 이것으로 충분해요."
'아들 찬스'를 사용하여 마지막 설득을 하려 했지만, 저로 서는 역부족이었습니다.

모두 토끼 눈처럼 빨개진 채 개인 만남을 끝낸 후 우리는 다시 모였습니다. 함께하는 마지막 식사입니다. 좀 근사한 곳에서 하자고 그분이 제안했지만 우리는 그럴 기분도 아닌데다 초행인 처지에 마땅한 곳을 찾기 힘들어 묵고 있는 호텔 레스토랑으로 결정했습니다. 그분이 중앙에 앉고 양옆으로 아내와 아들이 앉았습니다. 오랜 세월 지나 아버지를 만난 것이 몇 시간 되지 않았지만, 이제 몇 시간 후면 다시 이별입니다. 그것도 영영.

그분은 아마도 한 시간 정도 아들과 대화를 한 것 같았는데 그것으로도 매우 흡족한 표정이었고 연신 아들을 대견한 눈으로 바라보았지만, 안타깝거나 애절한 눈빛은 찾을 수 없었습니다. 아들은 아들 대로 아버지가 살갑게 느껴질 만큼 부자간에 정을 쌓을 기회가 없었던 탓에 부모에 대한 예를 갖추며 의연하게 행동했습니다. 또다시 말하지만, 세상 이처럼 기가 막힌 부자 상봉이 있을까요? 영화보다 더 영화 같은 장면이 아닌가요? 나중에 동행들이 이렇게 말했습니다. 우리가 경험한 3일간의 이 모든 일을 영화로 만든다면 너무 작위적이라서 현실감이 떨어지고 감동이 적을 거라고. 그래서 이야기를 되레 꾸며 넣어야 할 거라고. 어쩌면 모두 이렇게 같은 생각을 했는지!

두툼한 스테이크가 나왔지만, 그분은 거의 드시지 않았습니다. 아마도 내일을 대비하시는 것 같았습니다. 뱃속에 음식물을 남겨두지 않으려는. 그런데도 포크와 나이프를 죄게 놀려 연신 고기를 썰어서 아들의 접시로 옮기더니 나중에는 아예 접시째 건네주었습니다. 그것을 지켜보는 제 마음이 아렸습니다. 우리는 애써 명랑한 척하면서 와인도 여러 병 마시고 음식도 이것저것 많이 시켜 먹었습니다. 레스토랑의 마스코트로 보이는 젊은 웨이터가 스테이크보다 더 살살 녹게 친절을 '떨어' 우리를 웃게 했고, 순간이나마 화기애애해져서 그 웨이터에게 일동 기념사진까지 찍어 달라고 부탁했지요.

그분 생애의 마지막 밤이 그렇게 저물고 있었습니다.

"오늘 밤은 잠들지 않으려고 해요. 생의 마지막 밤을 잠으로 보내고 싶지 않으니까. 모든 순간을 깨어서 느껴보려고 해요. 지상의 모든 순간, 모든 마지막을."

스위스 안락사 현장에 다녀왔습니다

8. 26(목)

조력사로 생을 마감하다

새벽 5시, 잠에서 깼습니다. 잠에서 깬 게 아니라 침상에서 일어났다고 하는 게 정확한 표현이겠지요. 어차피 자진 않았으니까요. 설핏 잠이 드는가 싶다가도 뒤숭숭한 꿈으로 엉겨 붙는 무의식의 거미줄에 걸려 화들짝 깨곤 했습니다. 호텔 앞 광장 시계탑 종소리가 희미하게 들렸습니다. 박명(薄明)의 발밑을 더듬어 옆 침대의 동행이 깨지 않도록 조심조심 밖으로 나왔습니다. 찬 공기가 싸하게 얼굴을 훑었습니다.

:: 안락사 시행 일 아침, 호텔 창에서 내려 다 본 마을광장 ::

'그분은 지금 무엇을 하고 있을까. 아니, 이제는 무엇을 한다는 건 의미가 없을 테지. 오늘은 그분에게 마지막 날이니. 그렇다면 무슨 생각을 하고 있을까, 아니 무엇을 느끼고 있을까...'

행위에서 생각으로, 생각에서 느낌으로 그의 존재가 극점인 소실점을 향해 가고 있을 것입니다.

스위스 안락사 현장에 다녀왔습니다

언젠가 그가 쓴 글이 떠올랐습니다.

"덧없이 스러지는 이슬은 생명의 본성을 닮았습니다. 도자기는 결국 깨지기 때문에 아름답고, 우리는 영원히 살지 못하기 때문에 서로 사랑합니다. 그걸 익히 알고 있지만, 그게 무슨 뜻인지는 그저 상상할 수밖에 없습니다. 우리는 내심 상처받을까 두려워 선뜻 다가가지 못합니다. 사랑을 자제하고 이기적으로 행동합니다. 하지만 죽음 앞에선 더 이상 두려워할 게 없습니다. 가장 지키고 싶어 한 것도 결국엔, 결국엔 잃고 맙니다. 그러면 더 이상 잃을 게 없습니다.

그동안 우리를 힘들게 했던 인간적 두려움, 즉 남들의 시선에 대한 우려, 자존심, 체면 따위가 실은 별 게 아닌 것으로 드러납니다. 죽음을 앞둔 사람들은 진정성의 냄새를 맡는 예민한 후각을 갖게 된다고 합니다. 왜냐하면 죽음을 앞둔 사람들은 이미 진정한 자신의 모습으로 돌아와 있기 때문입니다. 자신의 진정한 모습을 아는 것은 쉬운 일이 아니지만, 저는 오랜 수행과 명상을 통하여 나 자신이 되려고 노력했습니다. 어떤 이유로도 어리석은 가짜가 되고 싶진 않았습니다. 저 역시도 죽어본 적이 없기에 경험에서 우러나온 조언을 해 줄 수는 없습니다. 죽음은 그저 이론이나 상상으로 짐작할 뿐 실체를 볼 수는 없습니다. 제가 아프기 전에는 죽는 것이 무척 두려웠습니다. 끔찍하리만치 두려웠습니다. 하지만 지금은 더 이상 두렵지 않습니다. 오랜 시간에 걸쳐서 죽음을 똑바로 바라보고, 만져 보고, 죽음에 대하여 생각해 보았기 때문입니다.

죽을 때가 오면 그냥 죽어라,
죽음 속에는 죽음 외에 아무것도 없다.

이 말은, 우리가 어떤 것에 완전히 빠져들면 다른 것은 모두 사라진다는 뜻일 것입니다. 우리가 다른 것을 외면해서가 아니라 다른 것이 더 이상 존재하지 않기 때문입니다. 이 순간만이 존재합니다. 우리가 사는 것은 지금, 이 순간입니다. 삶은 온전한 삶이고, 죽음은 온전한 죽음입니다.

살아가든 죽어가든, 우리가 그 속에 온전히 잠겨 있으면
그 순간이 전부입니다."

그의 말대로라면 그는 이제 더 이상 죽음을 두려워하지도
않고, 온전한 삶에서 온전한 죽음으로 발을 옮기게 되겠지
요. 엘리베이터를 타고 로비로 내려오는 동안 등 뒤에서 또다
시 서늘한 기운이 느껴졌습니다. 그분께는 참 미안하지만 죽
음이 드리워진 곳에서 제 스스로를 보호하려는 본능적 몸짓
을 억누를 수 없었다고 할까요.

호텔은 로비의 절반을 아침 식사 공간으로 활용하고 있었는
데, 모자라지도 넘치지도 않는 정갈한 조식 상차림과 투숙객
들의 조심스러운 행동거지가 호텔의 전체 분위기를 차분하게
가라앉히고 있었습니다. 3일을 지내는 동안 직원들의 말소리
도 조용조용, 발걸음도 조심조심, 몸가짐도 조신조신한 것이
조력사 단체에서 추천하는 호텔이니만큼 투숙객들을 배려하
는 몸짓이 몸에 밴 탓이 아닐까 싶습니다.

7시를 전후하여 어둡고 긴장 어린 표정으로 우리 일행이 하나, 둘 모습을 드러냈지만 그분은 내려오지 않았습니다. 가까스로 평상심을 유지하고 있는 그분의 아내가 "남편은 오늘 아침은 들지 않겠다고 한다."며 우리더러 어서 식사하자고 말했습니다. 다시금 심사가 울울해졌습니다.

'그는 오늘 세상을 떠날 것이다. 그런데 나는 꾸역꾸역 아침밥을 쑤셔 넣고 있다. 한 끼 안 먹으면 어때서.'

저 자신이 추하고 부끄럽게 여겨지는 순간, 부끄러운 사람은 비단 저뿐이 아니었습니다. 우리 일행 모두는 3일 동안 맹렬한 식욕을 주체하지 못했습니다. 우리는 기회가 닿는 대로 게걸스레 먹고 마셨으니까요. 그의 죽음이 구체화되고 기정사실화되어갈수록 우리는 삶 쪽으로 스스로를 끌어당기고 있었다고 할까요. 그와 함께 죽음의 계곡으로 미끄러질까 봐, 딸려갈까 봐 안간힘을 다해 '삶줄'을 붙잡고 있었다고 할까요. 그의 죽음을 배웅도 하기 전에 실상 그 혼자 줄 저쪽을 잡고 있도록 멀찍이 방치하고 있었던 것일까요. 그날 역시 우리는 향미 가득한 다양한 유럽 치즈와 갓 구워낸 풍미 짙은 **빵**, **햄**, 초리조, 소시지, 가공육류 등과 각종 열매가 혼합된 과일잼과 이름 모를 버터, 향기로운 커피, 차, 신선한 우유, 시리얼, 과일, 과일화채 등 풍성한 식탁을 마다하지 않았습니다.

식사를 마친 후 방으로 올라가 옷을 갈아입었습니다. 흰 셔츠에 검은 바지, 마침 마스크 줄까지 검은색이었습니다. 순간 망설임이 일었습니다.

'지금 장례식에 참석하는 게 아니지 않나. 아직 사람이 살아있지 않나. 그런데 어차피 죽을 것이란 의미인 양, 그 앞에서 상복 차림을 한 데서야 예의가 아니지 않나.'

흰 셔츠에 검은 바지는 생각에 따라 평소 차림일 수도 있으나 그날은 평소와는 달라도 너무나 다른 날이었으니까요. 그때 그분으로부터 문자 메시지가 왔습니다. 모두 302호로 모이라는(지금 제 휴대전화에는 이 메시지가 고인과의 마지막 대화로 남아 있습니다). 첫날 24일에 도착해 모두 모였던, 현재 일행 중

두 명이 함께 묵고 있는 방입니다. 복장에 대해 더는 생각할 겨를도 없이 방을 나서며 손가방을 챙기고 서울에서 사 온 우황청심원을 찾아 넣었습니다.

일행 중 한 명이 검은 넥타이에 짙은 색 계열의 정장을 갖춰 입은 것을 보자 동류의식으로 내 복장에 대해서도 적이 안심이 되었지만, 이내 '이렇게 검은색으로 꼭 티를 내야 했을까.' 하고 미리 방에 와 있는 그의 눈치를 보게 되는 것이었습니다. 정작 그는 그런 일에는 신경도 쓰지 않았지만. 그는 사흘 전 처음 만났을 때부터 입고 있던 진녹색 스웨터에 청바지 차림 그대로였습니다. 그러니까 그는 지상의 마지막 옷 한 벌로 호주에서 스위스까지 3박 4일을 여행했던 것입니다. 호주를 떠나기 전, 의류 기부 상자에 갖고 있던 옷 전부를 넣었다고 하더니 지금 입고 있는 옷을 몸과 동시에 버리기로 작정한 거겠지요. 뿐만 아니라 현재 지니고 있는 소지품 일체를 우리들 앞앞에 필요에 따라 나눠주는 것으로 완전히 맨몸으로 떠나게 되는 것입니다. 벌거벗고 와서 벌거벗고 떠난다는 말 그대로.

스위스 안락사 현장에 다녀왔습니다

방에 들어서니 긴 직사각형 형태의 작은 상자 여러 개를 쌓아둔 채 그가 우리를 기다리고 있었는데 그것들은 시계였습니다.

"스위스가 시계의 나라잖아요. 그래서 기념으로 스위스제 시계를 준비했어요. 얼마 전 사진으로 보여드린 모양대로 주문했는데 자기 것 기억들 나시죠?"

그분은 두 주 전쯤 스위스 동행 확정을 받은 후 9가지 시계 모델을 사진으로 보여줬습니다. 그중에서 마음에 드는 것 하나를 고르라며. 그 상황에서 선물이 다 뭐며, 게다가 모델까지 보여주며 원하는 것을 미리 선택하라고 했을 때 저는 또 한 번 마음이 아프고 혼란스러웠습니다. '이게 지금 말이 되는 상황이란 말인가, 아무리 인생이 소풍 길이라고 하지만 지금 한가하게 선물 고를 때란 말인가.' 하면서.

여하튼 그날 저는 9개 모델 중 한 디자인을 선택했습니다. 다른 사람에게도 같은 방식으로 결정하게 하여 스위스 시계

:: 고인이 동행들을 위해 준비한 마지막 선물, 스위스제 시계 ::

회사로 미리 주문을 했을 것이고 숙소로 때맞춰 물건이 도착해 마지막 날 나눠 주게 된 걸 테지요. 시간 속으로 들어와 이제 그 시간을 떠나는 순간에 말입니다. 상자를 열고 그 안에 고이 잠자고 있는 시계를 깨워 만지작거리며 우리는 잠시 수런거렸지만 분위기는 이내 가라앉았습니다. 그 사이에도 몇몇은 화장실에서 눈물을 훔치고 나왔습니다. 이틀 전처럼.

시계가 곧 시간은 아니지만 시계는 시간의 흐름을 보여주

　　　　　　　　스위스 안락사 현장에 다녀왔습니다

지요. 우리에게 시계를 나눠주던 그 시각, 서서히 피가 식듯 그분의 시간은 멈춰가고 있었지요. 하필 시계의 나라 스위스에서.

그때가 오전 10시 무렵이었던 것 같습니다.

"그 사람들이 올 때가 됐는데. 아직 전화가 안 오네. 호텔 로비로 데리러 온다고 했거든. 하필 아침에 사형을 집행할 게 뭐람. 확실히 좀 이른 감은 있어. 저녁 무렵이었으면 했는데..."

그가 또 섬뜩한 농담을 했고 우리는 또다시 순식간에 얼어붙었습니다. 그의 농담은 우리를 결코 웃게 하지 못한다는 점에서 특별합니다. 농담이 농담일 수 없는 것이죠. 우리는 이미 얼어붙어 있었기 때문에 더 이상 어떤 대화도 나누지 못한 채 각자 하릴없이 시계 얼굴만 문질렀습니다.

곧바로 그분의 전화기가 울렸습니다. "저승사자가 왔다고 하네. 이제 모두 내려가지." 가슴이 철렁 내려앉았습니다. 또 농담을 하는 그분이 잔인하게 느껴질 정도로. 그러더니 이내 앞장서서 뚜벅뚜벅 호텔 복도를 걸어 나갔습니다. 우리 일행은 후발대까지 합쳐 총 9명이었기 때문에 한 차로는 이동할 수 없어 차 두 대가 기다리고 있었습니다.

다소 의외였던 것은 조력사 단체에서 나온 인솔자가 마치 공사장 인부를 연상시키는 작업복 차림에 용모가 그다지 단정한 편이 아니라는 점이었습니다. 한국의 상조회사 파견 직원을 떠올렸던가 봅니다, 아마도 제가. 형식적이나마 예를 갖춘 복장과 엄숙한 표정 말이죠. 그랬는데 표정까지는 보지 못했지만, 외관만큼은 예상과 빗나간 거죠. 문득 그분은 어떻게 느낄까 궁금했습니다. 그런 생각을 하면서 다른 사람의 눈을 피해 로비의 화장실로 달려가 우황청심액을 빠르게 들이켰습니다. 배 타기 전 멀미약처럼 맞춤한 때에 약효가 나타나 주길 바라며. 그러는 사이 그분을 태운 차는 먼저 떠나고 저는 남은 사람들과 다른 차를 타게 되었습니다. 그가 차 안에서 무슨 말을 했는지, 어떤 감상을 나눴는지 알 수 없었던 것이 아쉽습니다. 그분과 함께 탔던 사람들에게 물어볼 수도 있었으나 그러지는 않았습니다. 그 3일간 저는 그분과 직접 나눈 대화와 저 자신의 생각, 느낌 외에는 어떤 것도 섞고 싶지 않았기 때문입니다. 그분과 다른 사람들이 나눈 대화는 물론이고 다른 사람들의 생각, 느낌 속에 제가 섞이고 싶지도 않았고요.

날씨는 화창했고 기온도 20도 내외로 포근했습니다. 8월 하순임에도 우리나라의 봄, 가을처럼. 차창 밖 풍경을 저의 시선이 아닌 '그의 시선'으로 내다봤습니다. 저는 지난 3일 동안 의도적으로 그의 시선이 되고자 했습니다. 마치 헬렌 켈러의 '눈을 뜰 수 있다면 그 3일간' 처럼 지상에서의 마지막 3일이 주어졌을 때 사람은 무엇을 느끼고 무엇을 깨닫게 되는지, 할 수만 있다면 그의 영에 빙의되어 경험하고 싶었습니다. 어떤 행위도 소유도 무의미한 상태에서 존재만이 의미를 가지며, 그 존재마저 곧 소멸하는 순간을 맞이할 때 우리의 의식은 어떤 수준으로 고양되고 펼쳐지는지 궁금했기 때문입니다.

:: 스위스 바젤 외곽에 위치한 조력사 시행 장소 ::

　20분쯤 달렸을까요. 도시 외곽의 허름한 가내 공장 앞에 차가 멈췄습니다. 지붕을 함께 인 칸막이 형태의 공장이 다섯 개 정도 붙어있는 일자 형식의 건물이었습니다. 전체적 분위기가 철거를 앞둔 옹색한 창고 같았는데 한 칸은 실제로 'GARAGE' 라는 간판이 붙어있었고, 건물 앞에는 제멋대로 자란 풀숲을 낀 개천이 흐르고 있었습니다.

　'여기서 그 일이?' 하는 의아심과 약간의 당혹감, 이어지는

스위스 안락사 현장에 다녀왔습니다

실망감은 저만의 것이었을까요. 저는 묵고 있는 호텔 수준 정도의, 소박하지만 안온한 병원이나 아담하고 정갈한 의료센터를 예상했으니까요. 그분이 전에 한 말에 의하면 본인이 좋아하는 음악을 들으면서 사랑하는 지인들에 둘러싸여 평온하게 생을 마치게 된다고 했는데 이건 벌써 분위기부터 아니지 않나 싶었습니다. 그렇다고 딱히 삭막하다거나 너저분하다거나 어수선하지는 않았지만, 여하간 제가 생각했던 이미지는 아니었습니다. 당사자는 어떤 마음이었을까요. 스위스 안락사 단체에 대한 모든 자료와 영상을 찾아보았을 테지만 막상 이런 허름한 창고에서 생을 마감해야 할 줄은 몰랐을 것 같습니다.

'구태여 이런 죽음을 택해야 했을까, 왜 이국까지 와서 이런 말도 안 되는 곳에서.'

마음에 또 한차례 격랑이 일었습니다.

우리는 건물을 마주 보았을 때 맨 오른쪽 방으로 안내되었습니다. 문턱 하나를 넘어 들어가면 그만이었기에 '방'이라는 묘사가 옳습니다. 들어가면서 힐끔 보니 옆 방에서는 젊은 근로자가 무언가를 만들고 있었습니다. 혹은 무슨 연장이나 기계에 기름을 치며 손질하고 있는 것 같기도 했습니다. 우리를 보았을 텐데도 눈길 한 번 주지 않았는데, 뭘 하러 온 사람들인지 이미 알고 일부러 외면했을 테지요. 벽 하나를 사이에 두고 한쪽에서는 땀 흘리며 생(生)을 꾸리고, 다른 쪽에서는 온 힘을 다하여 사(死)를 도모하고 있는 형국이니, 생사가 따로 있는 게 아니라더니 그야말로 연결되어 있었다고 할까요.

외양과는 달리 안은 그런대로 안온했습니다. 특이한 것은 사진 촬영 스튜디오 같은 느낌을 주었다는 것인데, 전방 벽면 전체에 절반쯤은 평화롭고 절반쯤은 스산한, 묘한 풍경 사진이 걸렸고, 그 옆에 반사경 등을 배치, 촬영에 필요한 도구들을 일습 갖추고 있었습니다. 스튜디오를 빌려서 '그 일'을 하는 건지 '그 일'을 하는 데 필요한 것들인지 언뜻 보아서는 감이 잡히지 않았지만 물어보고 싶지도 않고 물어볼 분위기도 아니었습니다. 세상의 어떤 호기심도 그분 앞에서는 결례

스위스 안락사 현장에 다녀왔습니다

:: 촬영 시설을 갖춘 작별실과 사무실 기능을 겸하고 있는 조력사 장소 내부 ::

란 생각마저 들었습니다. 어쩌면 사랑하는 사람들과 마지막 작별 사진을 남기라는 조력사 단체 측의 배려인지도 모르죠. 그런데도 우리에게 권하지 않은 것으로 보아 그 목적이 아닌 지도 모릅니다.

실내 절반 중앙에는 소파, 탁자 등 응접세트가, 창가 쪽으로는 복사기와 사무용품, 커피머신, 생수통 등이 놓인 10여 평 남짓한 공간이었습니다. 촬영 시설 앞에 위치한 나머지 공간에는 컴퓨터가 놓인 책상과 의자가 있었습니다. 우리는 긴 장으로 온몸이 뻣뻣하고 마음도 얼어붙어 있었기 때문에 앉으라면 앉고 서라면 서는 식이었습니다. 호텔로 우리를 데리러 왔던 남자가 편히 앉으라고 하는 말에 엉거주춤 소파에 엉덩이를 걸쳤지만 "편히 하라."는 말이 거슬렸습니다. 이런 곳에서 편할 수 있는 사람은 사람도 아닐 테니까요. 다탁에는 초콜릿, 과자, 사탕 등의 다과와 커피, 차, 물 등이 풍성하게 차려져 있었습니다. 일행 중에는 초콜릿을 입에 넣는 사람, 커피를 타서 마시는 사람도 있었지만 저는 그럴 기분이 전혀 아니었습니다. 일상의 무심한 모든 행동이 그분 앞에서는 모두 죄스럽게 여겨졌으니까요.

우리는 누가 먼저랄 것도 없이 한 명씩 돌아가며 각자의 휴대전화로 그분과 사진을 찍기 시작했습니다. 어제는 그분과 독대하여 지상 마지막 대화를 나눴다면 오늘은 그분과 지상 마지막 사진을 찍는 순서입니다. 우리는 일부러 환하게 웃고 최대한 고개를 꺾어 얼굴이 닿는 포즈를 취하는가 하면, 과장되게 팔짱을 끼거나 한쪽 손은 그러쥐고 다른 손으로는 어깨를 얼싸안기도 하면서 안타까워 어쩔 줄 몰라 했습니다. 이 순간을 막기 위해 틈만 나면 머리를 맞대고 궁리했던 것도 무색하게 우리 중 누구도, 아무도 그의 결정을 뒤집지 못한 채 결국 여기까지 오게 된 것입니다. 이런 우리의 마음에는 아랑곳없이 그분은 표정에도 몸에도 움직임을 싣지 않았습니다. 마치 벤치에 설치되어 있는 동상을 배경 삼아 사진을 찍는 것처럼 움직이는 것은 우리뿐이었습니다. 감정을 감추려는 우리의 호들갑에 잠시 희미한 미소를 짓는가 싶었지만 그뿐이었습니다. 얼굴에도 쓸쓸한 표정이 지나갔지만, 그 또한 아주 잠시였고 또 한 번 결코 화답할 수 없는 농담이 끼어들었습니다.

"야, 내가 무슨 연예인 같구나. 나하고 사진들 찍느라고 난리인 걸 보니."

제발, 제발 그런 농담은 이제 그만. 차라리 부여잡고 함께 울기라도 한다면.

한바탕 사진을 찍고 나자 예의 그 남자가 컴퓨터 책상 앞으로 그를 불러 앉혔습니다. 픽업, 접대, 실제 업무 등 모든 일을 혼자 맡아 하는 것 같았습니다. 30분 가까이 본인 확인 및 인적 사항, 여기까지 오게 된 정황, 죽기를 원하는 사유 등 조력사 시행 전 절차를 위한 질의응답이 이어졌고 옆에는 아들이 앉아 아버지를 무언으로 위로했습니다. 참석자 신분으로 우리의 여권도 확인했고 그분이 돌아가신 후에는 경찰이 입회하여 다시 한번 신분 확인을 할 예정이라고 알려줬습니다. 이렇게 해서 사전 절차가 모두 끝났습니다.

우리가 앉아있는 자리 뒤로 화장실이 딸린 작은 공간이 있고 그곳에서 조력사가 시행되는 것 같았는데 입구는 턱이 없이 완만한 경사 형태로 되어 있었습니다. 휠체어를 타고 오는 환자를 배려한 것인데 대부분은 휠체어를 이용하여 이곳으로 온다고 하니까요. 그분처럼 자기 발로, 그것도 9명 중 누가 조력사 희망자인지 구분이 안 될 정도로 '멀쩡히' 걸어 들어와 죽는 사람은 특별한 경우를 제외하곤 없다고 봐야겠지요. 정신 또한 너무나 '멀쩡해서' 이곳을 거쳐 간 사람들 중에서 가장 의연하게 생을 마감하셨다는 말을 나중에 담당자로부터 들었습니다.

스위스 안락사 현장에 다녀왔습니다

드디어 그가 침상에 누웠습니다. 죽음의 침상입니다. 역시 그다지 안락하거나 깔끔하지는 않았습니다. 평소에는 사무실 한편의 보조 공간으로 쓰는지 침상 주변에는 집기나 물품 등이 쌓여있어 다소 어수선하기조차 했습니다.

그는 입은 옷 그대로, 차를 타고 오면서 걸쳤던 점퍼와 구두만 벗은 상태입니다(돌아가신 후 고이 접힌 검정 점퍼와 구두를 보고 마음이 울컥했습니다. 한 사람이 지상에 남긴 최후의 흔적이기에). 지금이라도 내려오면 그만입니다. 집에 돌아가겠다고 말하면 그만입니다. 돌아가 항암치료를 다시 받겠다고 하면 그만입니다. 물론 그는 끝내 그러지 않았지요.

아내와 아들이 양손을 잡은 채 옆에 앉았고 다른 사람들은 그분을 바라보며 반원으로 둘러섰습니다. 이제야말로 작별의 시간입니다. 손등에는 벌써 링거를 꽂았습니다. 그분은 전혀 동요가 없었지만 우리는 흠칫 놀랐습니다.

"아, 놀라지 마세요. 이건 그냥 식염수예요. 약물을 주입했을 때 문제가 없도록 미리 실행해 보는 거지요."

또 그 남자가 설명했습니다. 참으로 인자한, 천사 같은 인상을 가진 책임자처럼 보이는 나이 든 사람이 함께 있었지만 그 사람은 그저 옆에서 지켜보고, 원정 안락사 현황이나 사후 처리 과정 등 우리가 묻는 말에 이따금 대답할 뿐 실제적인 일은 모두 그 남자가 했던 것이죠. 그 남자는 친절하지도, 그렇다고 안 친절하지도 않은 채 그저 맡은 업무를 다할 뿐이었습니다. 또한 기계적인 것도 아니었는데, 일이 일이니만큼 우리 쪽에서 뭔가 사려 깊고 남다른 배려에 대한 기대가 있었던 것 같습니다. 살갑고 안타까운 위로나 공감 같은 것. 하지만 늘 이 일을 해오고 있는 사람으로선 하나의 직업처럼 무감각할 수밖에 없겠지요.

"이제부터 충분히 시간을 드릴 겁니다. 마지막으로 하고 싶은 말을 모두 하고 작별 인사를 나눈 후 준비가 되면 저희를 부르시면 됩니다."

그렇게 말한 후 조용히 문을 닫고 나갔습니다. 응접실과 침상의 공간을 가르는 문이 있는 줄 그때 알았습니다. 그분 조카의 눈시울이 붉어지자 우리도 따라서 눈물을 훔쳤습니다.

"이렇게 와 줘서 고마워요. 모두들 수고 많았어요."

담담한 어투에 따스한 표정, 이 순간을 위해 얼마나 '예행
연습'을 했으면 저럴 수 있을까요.

"어디로 가시는 건가요?"

제가 물었습니다.

"글쎄요... 어디든 가겠지요."

"좋은 데로 가실 것 같나요?"

"있다면 갈 것 같아요."

"지금 누가 가장 보고 싶으신가요?"

"어머니요. 부모님이 마중 나와 계시면 좋겠어요."

다른 사람들은 아무 말도 안 했습니다. 그 상황에서 누가
무슨 말을 할 수 있겠습니까. 일행 중 한 명이 준비해 온 〈티
벳 사자의 서〉를 그분 발치에서 낭독하기 시작했습니다.

"빛을 따라 가십시오. 당신은 이제 세상의 모든 근심을 내
려놓고 더 이상 미련도 갖지 말고 그저 평온한 마음으로..."

지금 생각나는 구절은 이 정도입니다. 그분은 표정 변화 없이 그저 잠잠히 듣고만 있었습니다.

"이제 그만 가야겠어. 먼저 갈게. 나중에 만나자고. 그리고 한국에서 수목장을 하게 될 테니 꼭 한 번 와줘." 스위스에서 함께 머무는 동안 수목장에 꼭 와달라는 말을 두 번 했던 것으로 기억합니다. 남에게 결코 폐를 끼치지 않는 성격이라는데 두 번씩이나.

"밖에 사람을 불러 줘."

그러나 아무도 나서지 못했습니다.

"어서. 모두 배고플 거야. 내가 어서 가야 점심을 먹지."

햐~~, 마지막 순간까지 기가 막힌 배려였습니다. 본인이 어서 죽어야 우리가 점심을 먹는다니. 조카가 마지못해 문밖에 사인을 보내자 작은 카메라와 거치대를 들고 마음씨 좋아 보이는 천사 같은 분이 나타났습니다.

"이제 모두들 조용히 하세요. 짧은 동영상을 찍어야 하니까요."

스위스 안락사 현장에 다녀왔습니다

그리고는 그를 향해 정면으로 카메라를 설치했습니다. 이내 카메라의 녹음 버튼을 누르더니, 자기의 말을 또렷하게 복창하라고 했습니다.

"I'm sick. I want to die. I will die. (나는 아프고 죽길 원하며 죽을 것이다)"

그가 그 말을 따라 하자 녹화는 끝났고, 예의 그 남자에 의해 식염수 팩이 내려지고 그 자리에 약물 팩이 걸렸습니다. 이제 모든 절차가 마무리되었습니다.

"마음의 준비가 되면 밸브를 손수 돌리세요. 그러면 수 초 안에 편안히 잠드실 겁니다."

설명이 채 끝나기도 전에 그분이 밸브를 돌렸습니다. 순식간의 일이었습니다. 설명을 하던 남자도 흠칫 놀랐고 우리의 입에서도 짧은 탄식이 나왔습니다.

"아, 졸리다..."

그 말을 끝으로 5~8초 남짓한 사이에 고개가 옆으로 떨어졌고, 입가에는 희미하게 미소가 떠올랐습니다. 한 치의 망설임도 없이 스스로 밸브를 돌려 약물을 주입, 삶과 죽음의 경계를 찰나로 넘던 그 순간, 저는 그분의 발이 식어갈 때까지 잡고 있었던 사실조차 의식하지 못했습니다. 뇌리에 쐐기처럼 박힌 그 장면, 제 인생을 통틀어 가장 강렬한 체험이었습니다.

고인의 고개를 바로 해드린 후 발치에 서서 모두 큰절을 올린 후 그 방을 나왔습니다. 30분쯤 후 죽음을 확인하기 위해 검시관 두 명과 경찰이 왔으며 미리 말한 대로 우리의 여권을 확인하는 것으로 모든 상황은 종료되었습니다. 검시관 둘이 젊은 여성인 것이 인상적이었습니다. 시신은 화장하여 분골한 후 원하는 곳, 이분의 경우는 호주가 아닌 한국에서 장례를 치르길 원했기 때문에 한국으로 보내준다고 합니다. 호텔로 돌아오기 위해 건물 밖에서 택시를 기다리며 서성이는데

스위스 안락사 현장에 다녀왔습니다

우리가 있었던 방 옆 칸의 청년이 땀 흘리며 일하고 있는 모습이 보였습니다.

호텔로 돌아오면서 고인과의 대화를 떠올렸습니다.

"이번 생에 저는 책 보다가 떠나는 것 같아요. 소유물을 정리해 보니 제가 가진 것은 책이 가장 많네요. 사람들은 흔히 '그걸 읽어서 어디에 쓰게?'라는 말을 합니다. 한술 더떠 '책을 읽으면 밥이 나오냐, 떡이 나오냐?'고도 하지요. 그러나 먹고살기 위한 독서는 한 차원 낮은 독서입니다. 진짜 독서는 써먹을 데가 없을 때, 쓸 데가 없는 데도 하는 독서입니다. 가장 지적인 인류가 남긴 위대한 정신과 감성, 지성의 소산인 문학을 평생 사랑했습니다. 책 속에서 마냥 행복했습니다.

『잃어버린 시간을 찾아서』에서 주인공 마르셀은 풍부하고 예민한 공상가적 인물로 사교계를 출입하며 사회적인 명성과 여인들을 동경합니다. 저의 젊은 시절과 매우 유사합

니다. 그러던 어느 날 그는 우연히 마들렌을 먹다가 무의식
적으로 과거의 기억을 떠올리며 자신이 가야 할 길을 자각
합니다. 시간의 위대함을 알게 되면서 그는 예술만이 시간
의 파괴력을 이길 수 있다는 걸 깨달았다고나 할까요. 저
는 암이 발견되고 나서 시간의 흐름과 삶의 의미를 깨우친
것 같습니다. 모든 인간은 시간 앞에서는 그저 덧없이 흘러
가는 존재일 뿐입니다. 소설은 주인공이 동경했던 이들이
늙고 초라해진 채 게르망트가 파티에 참석한 모습을 길게
묘사합니다. 인생은 언제나 그렇게 잃어버린 시간일 뿐입
니다. 저도 지금 시간의 덧없음을 절감합니다."

4개월 전쯤에는 이런 대화도 나눴지요.

그 ; 지금 막 마취가 풀려서 퇴원을 기다리고 있습니다.
　　　좁아진 식도 확장을 위해 수면마취를 했거든요. 방
　　　사선 치료 후유증으로 식도 일부분이 좁아져 음식을
　　　제대로 넘기지 못하기 때문이죠. 치료법은 비교적 간
　　　단하며 시간도 30분 정도밖에 안 걸립니다. 수면마

취 후에 구강을 통해서 카메라와 풍선을 식도 안으로 넣어 협착된 부분을 벌려주는 시술입니다. 한 번에 무리하게 많이 늘리려고 하면 식도가 파열되어 가슴을 열고 수술해야 해서 매번 2~3밀리미터 정도 아주 조금씩 시도한답니다. 벌써 다섯 번째인데 지금까지 90% 수준으로 회복되었습니다. 손등 혈관에 프로포폴이 주입되면 하나, 둘, 셋.... 숫자를 헤아리기 시작합니다. 일곱까지 세면 의식이 완전히 사라지지요. 그리고는 회복실에서 한 시간쯤 후에 의식이 돌아옵니다. 완벽하게 죽었다가 소생하는 셈이죠. 실제 죽음은 연습할 수 없기에 이런 식으로 예행연습을 하는 거라고 생각하며 치료를 받으니 별로 힘들지 않더군요. 죽음은 내시경에서 깨어나지 않는 것과 같지요. 깨어서 집으로 가지 못해요. 아니, 다른 집으로 갈지도 모르죠. 저는 오랫동안 죽음에 대하여 공부했고 명상해 왔지요. 죽음에 관한 책들도 꽤 많이 읽었지요. 전생, 윤회, 임사체험 등에 관해서도.

나 ; 그리고는 결론을 얻으셨나요?

그 ; 그런 셈이죠. 조금 일찍 가더라도 사뿐히 떨어지자. 매달린다고 매달려질 수도 없는 것이 우리의 생명 이니.

나 ; 그런 마음가짐이 오히려 건강을 유지하게 하는 것 같 아요.

그 ; 정신적으로 도움이 되는 것 같긴 해요. 죽음이 두렵 지 않으면 사람이 당당해지죠. 죽음이 두렵지 않은데 근심, 걱정, 스트레스 받을 일이 얼마나 될까요? 전에 는 주치의를 만나러 갈 때면 마치 의사가 내 목숨을 좌지우지하는 것처럼 느껴져 잘 보이고 싶고, 내게 특 별한 관심을 가지길 바라고, 무슨 말을 들을까 가슴 이 두근거렸지요. 하지만 지금은 아무렇지도 않아요.

나 ; 아, 그런 마음이군요. 내가 약할 때 상대가 실제보다 더 커 보이는 것과 유사한. 죽음을 각오한 사람 앞엔 자잘한, 혹은 큰 걱정조차 무뎌지고 모든 일이 선명 해질 테죠. 일상의 아름다움에 대한 발견 같은 거...

그 ; 마치 새로운 세상 같아요. 그렇다 해도 가끔은 죽음 이 두렵죠. 가끔은 무의식 깊숙이 감춰진 두려움이

스위스 안락사 현장에 다녀왔습니다

고개를 쳐들곤 하죠.

나 ; 종교에 의지할 생각은 안 해 보셨나요?

그 ; 구체적으로 해 보진 않았어요. 하지만 삶 자체가 종
교성을 떠나 존재할 순 없지요. 특히나 죽음이 임박
한 사람에게는.

나 ; 그런 것 말고 신앙을 갖는 것 말이죠. 기독교인이 되
어 하나님을 믿는 일.

그 ; 아니요. 그랬기에 조력사를 택할 수 있었겠지요.

나 ; 그럼 선생님은 어디로 가시게 되나요?

그 ; 글쎄요, 어디든 가겠죠. 갈 곳이 있다면.

나 ; 천국과 지옥이 정말 있다면 그때는 어쩌시겠어요?

그 ; 있다면 나는 좋은 곳으로 갈 것 같아요.

그의 죽음은 잘 짜인 한 편의 각본이자 매끈한 연출 같았습
니다. 단 그 스스로 각본을 쓰고, 스스로 연출을 맡고, 스스
로 주인공이 된.

part 2

죽음을 두렵지 않게 맞는 방법

스위스를 다녀온 후 제 속에는 많은 말들이 아우성치며 이 말을 먼저 할까, 저 말부터 꺼낼까 순서를 종잡을 수 없었습니다. 그렇지만 스위스의 4박 5일, 아니 현장의 긴장으로 인해 거의 '무박 5일'을 보내고, 또 떠나기 전의 두려움으로 설친 잠을 보상하듯 며칠을 코알라처럼 잠만 잤습니다.

친구와 지인들이 간간이 안부를 물어오고, 저를 만나고 싶어 했습니다. 여러분들이 궁금해 하는 것이 무엇인지 잘 압니

스위스 안락사 현장에 다녀왔습니다

다. 궁금하다는 말로는 부족하고, 두려운 호기심이라고 할까요. 여하튼 어떤 이야기가 듣고 싶은지 저는 압니다. 거기에 가기 전까지 저도 그랬고, 만약 그런 곳에 다녀온 사람이 있다면 저 또한 물어보고 싶은 게 많을 테니까요. 저를 만났다고 치고, 온갖 이야기 다 묻고 다 나눴다고 치고, 결론을 말씀드려 볼까요? 죽음이 곧 닥친다는 사실입니다. 누군가는 불시에, 누군가는 그분처럼 철저한 계획 하에 '맞이' 할 수도 있습니다. 당하는 죽음이든 당기는 죽음이든, 쫓기는 죽음이든 맞는 죽음이든 우리 모두는 죽게 됩니다. 그것도 곧!

그 사실을 명확히 깨달을 때 우리는 무엇을 하게 될까요? 각자 다르겠지만 저는 두 아들에게 '엄마표 밥'을 지어주고 싶습니다. 그리고 나의 두 아들로 이 세상에 와 줘서 고맙다고 말하겠습니다. 더 많이 사랑하지 못한 것을 미안해하고, 부모로서 미숙했던 점에 용서를 구한 후 그런데도 잘 자라준 것이 참으로 고마우며, 영원히 사랑한다고 말하겠습니다. 또한 손자의 볼에 입을 맞추고 꼭 껴안아 보고 싶습니다. 세상에서 가장 아름다운 나의 천사, 나의 딸 같은 손자의 엄마에게 표현할 수 있는 최상의 사랑과 최고의 고마움을 전하겠습니다.

　제가 이번에 특별한 경험을 해보니 죽음은 무서운 일이 아니었습니다. 잘 살기만 하면 두렵지 않게 죽음을 맞을 수 있다는 확신을 얻었습니다. 그 잘 사는 길은 '사랑'입니다. 우리가 일생 추구해 온 돈, 명예, 권력, 지위는 물론, 건강까지도 죽음 앞에는 먼저 죽습니다. 사랑만이 죽음을 초월하며 사람에 따라서는 영생하게 합니다. 저는 지금 고인이 마지막 날 제게 선물한 책을 읽으며 9월 첫날의 고즈넉한 오후를 보내고 있습니다.

스위스 안락사 현장에 다녀왔습니다

죽어가는 사람과 함께한 5개월

　미치 엘봄의 『모리와 함께한 화요일』을 다시 펼칩니다. 오래전에 읽었을 때와 그 느낌이 확연히 다르네요. 그럴 수밖에 없겠지요. '죽어가는 사람'과 대화를 나눈 글이라는 점에서 저도 같은 경험을 한 후 접하고 있으니까요. 저자는 열네 번의 화요일마다, 저는 5개월간을 죽어가는 사람과 이야기했습니다. 의식의 방해 없이 오롯하게 제 경험을 반추하고 싶었지만 죽어가는 사람과 함께 했던 저자와의 동지적 감정으로 책을 펼니다.

죽어가는 사람은 아직 죽지 않았다는 점에서 우리와 다를 바 없습니다. 죽어가는 사람도 여전히 살아가는 사람, 살아있는 사람이니까요. 그러나 죽음의 경계에 아주 바짝 다가서 있다는 점에서 우리와는 다릅니다. 전쟁으로 치면 그들은 최전방에 배치된 병사이고 우리는 후방에, 일반 사회에 속해 있달까요. 하늘 아래 있다는 점에서는 같아도 존재가 서 있는 지점은, 실존적 상황은 사뭇 다릅니다. 가장 깨어있는 삶, 가장 높은 수준의 삶을 살고자 한다면 죽음만큼 효과적이며 충격적인 자극은 없습니다. 삶의 가장 훌륭한 스승은 죽음이니까요. 지금 내가 집착하고 있는 것들이 얼마나 소소하고 하찮고 자잘한 것인지 죽음만이 확실히 깨우쳐 줄 수 있기 때문입니다. 깨우쳐 주는 게 아니라 순식간에 앗아가 버리지요.

그래서 죽음은 완전한 무(無)이자 두려운 것이란 말을 하려는 게 아닙니다. 그렇다면 스승이 아니라 원수일 테죠. 죽음이란 최고의 스승이 가르치는 과목은 단 하나, '사랑'입니다. 사랑만이 죽음의 공포를 이기게 한다는 의미가 아니라 죽음이 곧 사랑을 일깨운다는 뜻입니다. 죽음은 죽음보다 더 깊었던 무지에서 우리를 깨어나게 합니다. 그 무지란 사랑하는 능력을 그냥 묻어둔 것을 의미합니다. 사랑이란 '전 존재를 거는 일'입니다. 나의 관심사나 이기적 욕구와는 아무 상관 없이 그저 나를 내어주는 일이라는 걸 깨달아 갑니다. 그걸 어떻게 알았냐고요? 죽음을 통해서! 아, 이 말은 틀렸습니다. 저도 아직 죽어본 적은 없으니까요. '죽어가는 사람을 통해서'로 정정할게요.

말씀드렸듯이 그분은 제 글의 오랜 독자였고, 함께 호주 땅의 이방인이었고 문학과 철학을 사랑한 외로운 영혼이었습니다. 언감생심 저는 O. 헨리의 단편소설 「마지막 잎새」의 늙은 화가처럼, 제가 그의 곁에 있음으로써 그의 시한부 삶을 붙드는 가녀린 끈이 될 수 있을까 했지만 그건 단지 저의 착각이자 희망 사항일 뿐이었습니다.

그는 스스로 생의 마지막 잎새가 되어 유유히 떨어졌고 세상이란 무대의 이면으로 표표히 사라졌습니다. 돌이켜 보면 누가 누구에게 위안이 되었는지 부끄러운 생각마저 듭니다.

죽음이 삶에게 말을 걸고 가르침을 주듯이 그분은 제게 그런 존재였지만 저는 별다른 존재가 아니었을 겁니다. 삶 쪽에서 죽음 쪽으로 줄 수 있는 건 별로 없는 것처럼.

내가 만난 큰 바위 얼굴

"지금 막 「큰 바위 얼굴」을 읽었는데, 그때 형님이 스위스 호텔 방에서 그 소설을 빗대어 하셨던 말씀이 기억나질 않네요. 혹시 기억하시나요?"

새벽에 일어나보니 간밤에 이런 메시지가 들어와 있네요. 스위스에 동행했던 분이 보낸 것입니다. 형님이란 그때 돌아가신 분을 말하며, 메시지 보낸 분은 고인과 20년 지기(知己)입니다. 두 분은 사회에서 만났고 나이는 고인보다 몇 년 아래입니다. 아마도 고인을 생각하며 「큰 바위 얼굴」을 읽으셨겠지요.

아래는 네이버 지식백과에서 인용했습니다.

미국의 소설가 너새니얼 호손(1804~1864)이 만년에 쓴 단편소설로 '큰 바위 얼굴'이라는 소재를 통해 여러 가지 인간상을 보여주면서 이상적인 인간상을 추구하는 작품이다. 남북전쟁 직후, 어니스트란 소년은 어머니로부터 바위 언덕에 새겨진 큰 바위 얼굴을 닮은 아이가 태어나 훌륭한 인물이 될 것이라는 전설을 듣는다. 어니스트는 커서 그런 사람을 만나보았으면 하는 기대를 가지고, 자신도 어떻게 살아야 큰 바위 얼굴처럼 될까 생각하면서 진실하고 겸손하게 살아간다. 세월이 흐르는 동안 돈 많은 부자, 싸움 잘하는 장군, 말 잘하는 정치인, 글 잘 쓰는 작가들을 만났으나 큰 바위 얼굴처럼 훌륭한 사람으로는 보이지 않았다. 그러던 어느 날 어니스트의 설교를 듣던 한 시인이 어니스트가 바로 '큰 바위 얼굴'이라고 소리친다. 하지만 어니스트는 자기보다 더 현명하고 나은 사람이 큰 바위 얼굴과 같은 용모를 가지고 나타나기를 마음속으로 바란다.

고인은 와인 잔을 기울이며 인생에 대한 성찰과 삶의 의미를 들려주셨지요. 아마도 그때 큰 바위 얼굴을 언급하셨나 본데, 긴장과 슬픔 탓에 우리 모두 오롯이 집중을 못 했나 봅니다. 무슨 말씀을 하셨는지 저도 기억이 나질 않네요.

말씀드렸듯이 돌아가시기 하루 전날, 고인은 당신의 방에서 우리를 한 명씩 개별적으로 만났습니다. 제 인생에서 가장 긴 시간인 것도 같았고 가장 짧은 시간인 것도 같았습니다. 한 사람과의 지상 마지막 독대라는 점에서 그 가슴 아린 의미를 헤아린다면. 저는 그때 고인에게 준비해 간 작별의 글을 드렸고 고인도 제게 덕담을 주셨습니다. '큰 바위 얼굴'을 빗대어. 그러니까 제가 기억하는 큰 바위 얼굴은 저와 둘이 있을 때의 것이지요. 고인은 제게 지금처럼 글을 쓴다면 장차 큰 바위 얼굴이 될 거라고 격려하셨습니다. 글이 갖는 위대함은 결국 사람들을 위로하는 데 있다며.

그런데 지금 가만 생각해 보니 어쩌면 그분은 동행했던 모두에게 큰 바위 얼굴이 되라고 하지 않았을까 싶습니다. 그 독대의 순간에 무슨 대화를 나눴냐고 서로 물어보질 않았으니 모를 일입니다. 큰 바위 얼굴이란 어떤 얼굴입니까?

네, 바로 성찰의 얼굴이지요. 참된 영혼의 얼굴이지요. 가장 인간다운 얼굴이지요. 우리 모두 될 수 있고 되어야 하는 얼굴이지요.

무덤들 사이를 거닐며

2021년 11월 19일, 공주에서 고인의 수목장이 있었습니다. 8월 26일에 돌아가셨으니 거의 석 달 만에 장례가 치러진 셈입니다. 행정적 착오로 바젤에서 유해가 오기까지 다소 애로가 있었기에 무사히 모시게 된 것에 모두 안도했습니다. 11월 중순답지 않은 포근한 날씨가 남에게 폐 끼치는 것을 끔찍이도 싫어하셨다는 고인의 배려처럼 느껴졌습니다. 돌아가신 날 바젤의 기온도 맞춤한 목욕물처럼 안온하더니 모국 땅에 묻힌 날도 온화하기 그지없었습니다.

꽃병만 한 항아리에 한 줌 흙(문자대로라면 몇 줌은 되겠지만)으로 담겨 돌아와 나무 밑 한 평 땅으로 스며든 육신 그 어디에도 문학을 사랑하여 이번 생은 문학작품만 읽고 간다던 고인의 흔적을 찾을 수는 없었습니다. 저와 책과 글에 대해 이야기하던 밝은 톤의 소년 같던 목소리도 한 줌 흙 속에 갇혀버렸습니다.

일정을 마친 후 그 아래 품고 있는 죽음만 없다면 공원의 샛길 모습과 별반 다르지 않은 나무들 사이를 잠시 걸었습니다. 표지석의 생몰연대를 읽어가자니 저 자신이 결코 적지 않은 세월을 살았다는 것을 깨달았습니다. 아직 살아있다는 것이 오히려 놀라웠습니다. 죽음과 어울리는 나이라는 말도 우습지만 10대, 20대, 혹은 더 어린 나이는 확실히 죽음과는 걸맞지 않을 것 같은데 현실은 그게 아니었으니까요. 제가 그날 둘러본 무덤의 절반은 30살 이전의 죽음이었던 거죠.

고인이 제게 주고 가신 잠언 시집을 또 펼쳐봅니다. 고인도 그러셨지요. 여한이 없다고. 그러니 이제 삶의 마지막 장을 닫

:: 스위스 조력사 지인이 묻혀 있는 공주의 수목장 추모공원 ::

고 홀연히 떠나겠다고. 사람에게는 살아있을 때는 별로 그렇지도 않았으면서 죽고 나서 그 사람과 아주 친하고 가까웠던 것처럼 말하는 심리가 있지요. 저도 그렇습니다. 그분이 그립습니다. 그분의 활달한 어투와 진솔하고 유려한 문장, 무엇보다 인간으로서 아름답던 그 향기가 사무칩니다. 그러나 이제는 그 모든 것이 잃어버린 시간 속의 일입니다. 시간은 좋은 것을 다 앗아가고, 소중한 것을 다 잃게 만드는 괴물입니다.

두 가지 문제

장례식장에 갈 때마다 저는 고인의 영정 사진이 놓인 저 자리에 언젠가는 내 사진이 놓일 거란 생각을 합니다. 지금은 고인과 맞은 편에 서 있지만 머지않아 같은 편으로 옮겨 갈 거란 생각도. 지금 내가 그러하듯 몇몇 지인이 찾아와 내 영정 앞에 국화 한 송이 놓아주는 장면도 떠올립니다. 저에 대해 평가도 몇 마디 하겠지요. 그다지 좋은 소리는 못 들을 거란 각오도 미리 합니다.

스위스 안락사 현장에 다녀왔습니다

죽음이란 무엇일까요. 살아 있는 동안은 어떻게든 피해 다니다가 어느 날 막다르고 후미진 곳에서 강도에게 급습당하듯 맞닥뜨려야 하는 험악한 얼굴일까요. 그 전에, 죽는다는 것은 정확히 무엇일까요? 구체적으로 누가, 나의 무엇이 죽는 것일까요.

제 친구는 죽음은 완전한 소멸이라고 말합니다. 인간 존재란 물질에 불과하다는 거지요. 우연히 태어나 우연으로 돌아가는. 흙에서 빚어져 흙으로 부서지는. 인간의 정신 현상은 모두 뇌의 작용과 활동일 뿐, 육체 밖에서 따로 존재하는 나라고 할 그 무엇은 없다고 말합니다. 유물론적 생사관인 거지요. 그렇게 생각하면 죽음을 공부하는 것도 의미가 없겠지요. 죽으면 다 끝나는데 따로 공부하고 자시고 할 게 뭐가 있나요. 그저 죽은 몸뚱이 하나 불에 태우든, 땅에 묻든 낡고 해진 옷 처리하듯 하면 그만인 거죠.

그런데 말입니다. 죽음 이후에 아무것도 없다고 하면 두 가지 문제가 발생합니다. 첫째 삶의 의미를 찾을 수 없습니다.

의미 따위 꼭 찾아야 하나? 되는대로 살면 그만이지 하실 분도 계시고, 의미는 살아있는 동안 찾으면 되지, 꼭 죽음 이후까지 가져가야 하나? 그것도 욕심이지 하실 분도 계실 겁니다. 반쯤 인정합니다.

그럼 의미 따위는 의미 없다고 치고, 두 번째는 윤리 문제입니다. 죽는 걸로 끝이라면 구태여 착하게, 다른 사람을 도우며, 사람답게 살려고 애쓸 필요가 없습니다. 고작 몇십 년 사는 거, 나 위주로 내 이익만 챙기며, 법망에 안 걸리는 선에서 심지어 나쁜 짓을 하며 산들 그뿐이겠지요. 또 반론을 펴실 테지요. 착하게 살려는 것은 지금 여기의 인간다운 노력이지 꼭 죽음 이후에 어떤 보상이나 처벌을 의식해서가 아니라고.

제 말의 핵심도 같습니다. 지금 여기의 윤리적이고 선한 행위의 근거가 있어야 하지 않습니까. 그 근거는 다른 말로 '양심'이라고 할 수 있겠지요. 그것 역시 뇌작용의 일부일까요? 뇌가 부실하거나 머리가 나쁘면 장애가 되거나 인지능력이 떨어집니다. 그런 사람 중에도 착한 심성을 가진 사람은 얼마든지 있습니다. 뇌 자체는 능력이 떨어지는데 명료하게 반짝

스위스 안락사 현장에 다녀왔습니다

이는 윤리의식, 양심은 어디서 비롯될까요. 또한 아무리 험한 인생을 살았어도 반듯한 성품을 오롯이 간직한 사람들이 있습니다. 타인을 위해 자신의 목숨을 내놓는 숭고한 희생은 또 어떻게 설명할 수 있을까요. 이처럼 고귀한 정신이 단지 물질 덩어리인 뇌작용의 부산물이라고만 생각되지 않는 거지요. 그러기에 칸트는 인간의 도덕이 성립하려면 사후생의 존재가 '요청' 된다고 했던 거겠지요.

삶과 죽음의 맞선 자리

죽음에 대한 공부는 마치 세상의 안과 밖 경계선을 더듬는 것 같습니다. 해안선처럼 삶과 죽음 사이에 놓인 선을 보는 것 같습니다. 하지만 그 선은 가르고 막는 역할이 아니라 만나고 접속케 하는 의미를 갖습니다(그렇다면 '경계'라고 해서는 안 되겠지요). 삶에게 죽음을, 죽음에게 삶을 소개하는 맞선 자리 같은 거죠. 삶과 죽음은 동전의 양면처럼 불가분의 관계입니다. 둘이 함께 탄생하고 함께 소멸합니다. 그럼에도 우리는 동전의 한 면, 삶 쪽만 봅니다. 다른 면에 대해서는 마치

스위스 안락사 현장에 다녀왔습니다

없는 듯이 굽니다. 그러다 어느 날 동전이 얼굴을 확 바꾸는 순간, 죽음에 잡아먹히고 맙니다.

죽음공부는 지금까지 관심 두지 않았던 동전의 다른 면을 보려는 시도입니다. 낯설고 두렵고 불쾌하고 공포스럽지만, 미리 공부해두면 '당하는' 죽음이 아닌 '맞이하는' 죽음이 될 수 있을 것 같습니다. 우리 모두는 죽을 운명이기에 죽기 전에 죽음공부만큼은 함께 했으면 합니다. 모든 공부에는 때가 있다는 말처럼 죽음공부의 적정 연령은 40살이라고 합니다. 나이가 들수록 죽음 이야기를 하고 싶어하지 않으니까요. 그때는 정말 무서워서 못 합니다. 그러기에 젊을 때 해 둬야 합니다. 나는 40살이 넘었는데 어쩌지? 하는 분들은 '늦었다고 생각할 때가 가장 빠른 때'라는 말을 떠올리셔야죠. 지금 살아있는 사람이라면 누구나 죽음을 공부할 수 있습니다. 인생은 늘 이렇게 기회로 넘칩니다.

이렇게 생각하는 분들도 계실 테죠. 죽는 것이 두려우니 죽은 후에도 뭐가 있었으면 하는 거지, 죽음이 두렵지 않다면 그런 생각 자체를 할 필요가 없다고. 인간이 완전치 않으니 신을 만들었고, 죽으면 다 끝이라는 게 끔찍이 싫으니 사후세계를 상정하는 거 아니냐고. 그 말이 사실이라면 그 둘(신 존재와 사후세계)은 인간 망상의 극대이자 탐욕의 극치가 낳은 인류 최대의 허구라고 하겠습니다. 이런 분들은 대개 과학을 신봉하지요. 과학으로 증명되는 것만 인정하는 태도이지요. 그런데 이런 분들은 하나는 알고 둘은 모르는 거죠. 아무 데나 과학을 들이대는 거란 말이죠. 애초 과학이 적용될 수 없는 분야를 과학적으로 실험하겠다고 설치는 거죠. 명백한 월권입니다.

과학은 물질을 대상으로 합니다. 물질 이상의 것에 대해 과학은 설명할 수 없습니다. 모릅니다. 모르면 모른다고 할 일이지, 자기가 모른다고 그런 건 없다고 말해서는 안 되는 거잖아요. 죽음 이후의 세계는 과학으로 실험할 수 있는 대상이 아니라고 정직하게 말할 수 있어야 합니다. 그것이 과학을 하는 태도입니다. 또한 과학은 이성을 도구로 합니다. 이성에 부합되지 않으면 받아들이지 않습니다. 그 대표적인 것이 영혼

스위스 안락사 현장에 다녀왔습니다

의 존재지요. 이성으로 파악되지 않으니까요. 그렇다면 마음은 설명할 수 있나요? 과학에서는 마음이 뇌에 있다고 하지요. 뇌작용으로 환원해 버립니다.

텔레비전을 켜야 방송이 나오지만, 그럼 텔레비전을 끄면 방송 내용 자체가 없어지나요? 텔레비전은 방송사가 만든 내용을 송출하는 기계에 불과합니다. 텔레비전을 꺼도, 텔레비전이 고장 나도 방송은 계속되고 있는 거지요. 뇌는 텔레비전과 같습니다. 뇌가 망가져도, 꺼져도(죽어도) 저 너머의 방송 실체는 그대로 존재합니다. 저 너머의 방송사가 바로 영적 세계입니다. 그 방송 내용은 이성으로는 접근할 수 없고 '직관'으로 시청해야 합니다.

우리는 언젠가 죽는다

　제아무리 천재라도 나이가 들어서야 알게 되는 것들이 있습니다. 시간에 대한 감각도 그중 하나입니다. 시간이 흐른다는 것은 우리의 감각일 뿐 시간은 가고 오는 게 아니라 그냥 펼쳐져 있는 게 아닐까요. 마치 무대처럼. 우리가 때를 맞아 그 무대에 오르고 또 때를 따라 사라지는 게 아닐까요. 주어진 배역에 맞춰 저마다 짧고 길게 무대에 머무르다 역할이 마무리되면 떠나는. 오고 간 것은 나 자신인데 마치 시간이 오간 것 같은 착각, 움직인 것은 기차인데 마치 창밖 풍경이 지나간 것 같은 플랫폼에서의 착각, 그런 생각을 잠시 해봅니다.

우리가 무대 위의 배우, 어딘가로 향하는 기차라 할 때 주어진 뭔가를 해야 하겠지요. 성경의 달란트 비유에서도 받은 달란트를 땅에 묻어 둔 사람이 엄청 야단을 맞잖습니까. 다섯 달란트 받은 사람, 두 달란트 받은 사람은 장사를 해서 두 배로 불렸는데 한 달란트 받은 사람은 아무것도 안 했으니 그 아무것도 안 한 것에 대한 추궁인 거지요. 남들은 자기보다 다섯 배나, 적어도 두 배나 재능과 능력, 학벌과 외모가 앞서고 부모조차 잘 만났는데 내 꼬라지는 너무나 초라하다며 그대로 주저앉아 버린 것에 대한 책망입니다.

데이비드 실즈의 에세이 『우리는 언젠가 죽는다』에는 "시도가 실패한다고 해도 무슨 상관인가? 모든 인생은 결국에는 실패한다. 우리가 할 일은 시도하는 과정에서 즐기는 것이다."라는 말이 나옵니다. 죽음을 자주 생각하면서 저는 삶을 과정으로 보는 여유가 생겼습니다. 그 여유는 주어지는 일을 인연 따라 받아들이게 합니다. '안 하느니만 못한 거 아냐? 일이 잘 안되면 어쩌지?' 이런 생각을 별로 안 합니다. 그냥 해 봅니다. 망치면 또 어떻습니까. 뭐 별일이야 있겠습니까. 결국 우리는 모두 실패할 테니까요. 어차피 미완성으로 끝날 테니 까요. 그렇다면 과정만 남습니다. 결과가 있다고 한들 과정 중의 결과일 뿐, 생 전체는 과정입니다.

달란트나 나이가 얼마든 나에게 맞는 적당한 일을 찾아 시 도해 볼 용기가 나지 않나요? 나는 언젠가 죽는다고 생각할 때 제게는 용기가 생깁니다. 멋지게 끝내지 않아도 된다는 핑 계가 생깁니다. 죽음은 우리에게 용기와 위안을 주는 참 아이 러니한 존재입니다.

나 죽고 그대 살아서

M 선생님!

어제 하루는 어떻게 보내셨는지요? 그제, 그끄제와 다름없이 종일 책을 읽으셨나요? 이틀에 5권씩 독파하며 가슴에 패인 상실의 웅덩이를 메워가고 있는 선생님과 함께하기 위해 저도 요즘 온종일 책을 읽습니다. 슬픔과 아픔이 배어나는 상황마다 저는 책을 집어 듭니다. 젓갈처럼 책 속에 절여집니다. 책 속에 위로가 있고 공감이 있고 치유가 있습니다. 무엇보다 성장이 있습니다. 상실로 인해 우리는 더 여물어지고 온

전해지니까요. 평안과 고요의 달인, 수용과 순종의 달인, 삶 자체의 9단이 되어 가니까요.

영화 〈사랑과 영혼〉의 주인공이 되신 선생님, 열렬히 사랑하고 헤어지는 것이 한 번도 사랑하지 않는 것보다 낫다는 것은 생의 '명령'입니다. 그래서 저는 선생님이 부럽습니다. 저는 이성과 진정한 사랑을 해 본 적도 받아본 적도 없으니까요. 그럼에도, 생의 명령을 어기고도 안도가 됩니다. 저는 사랑하는 사람이 없으니 선생님이 겪고 계시는 그 무지막지한 고통을 당하지 않아도 되니까요. 설마 이런 제가 부럽진 않으시겠지요. 아무리 지금이 고통스러워도 그 사람을 사랑하지 않았더라면, 차라리 만나지 않았더라면 하는 후회 아닌 후회는 하지 않으실 테니까요. 그래서 저는 진정 선생님이 부러운 겁니다.

죽음 일선에 서 계셨던 이어령 선생은 "죽음이란 게 거창한 것 같지. 아니야. 내가 신나게 글 쓰고 있는데, 신나게 애들이랑 놀고 있는데 엄마가 '얘야, 그만 들어와 밥 먹어라.' 하고

스위스 안락사 현장에 다녀왔습니다

부르는 소리를 듣는 거야. 그게 죽음인 거야."라고 하셨지요. 집으로, 엄마 품으로, 생명이 왔던 곳으로 돌아가는 것, 좋다 이겁니다. 그럼 남은 아이는? 신나게 같이 놀다가 느닷없이 혼자 남겨진 아이는? 아직 엄마가 부르지 않아서 그 자리에 우두망찰 서 있는 아이는 누가 달래줍니까. 둘도 없는 단짝이던 아이가 그렇게 훌쩍 떠난 후 그 상실감을 어떻게 추슬러야 하냐는 거죠.

추사 김정희가 아내를 잃은 후 유배지 제주에서 쓴 시가 생각납니다. 추사 나이 57세인 1842년 11월 13일에 그의 아내가 세상을 떠났건만 그 사실을 한 달 뒤에야 알고는, '나는 그것도 모른 채 제주 음식이 입에 맞지 않으니 젓갈을 보내달라는 등 반찬 투정에 음식 타박을 했다.' 며 대성통곡과 함께 쓴 시라고 하지요.

어찌하면
월하노인에게 저승에 상소를 하게 해서
내세엔 우리 부부 서로 바뀌어 태어나게 할까

나 죽고 그대 천 리 밖에 살아서

그대 나의 이 슬픔 알게 하리라

- 나 죽고 그대 살아서

『노을빛 치마에 쓴 시』(고승주 편역) 중에서

　선생님도 그렇게 하고 싶으신가요? 다음 생엔 선생님이 먼저
돌아가셔서 지금 겪고 있는 이 슬픔을 그분이 알게 하고 싶으
신가요? 추사 부인이 돌아가신 날과 선생님의 그분이 가신 날
이 마침 거의 같네요. 그러기에 추사의 시 '나 죽고 그대 살아
서'가 천 마디 말보다, 천 권의 책보다 공감되실 테지요.

죽음을 쓰는 사람

"보통 사람은 죽음이 끝이지만 글 쓰는 사람은 다음이 있어. 죽음에 대해 쓰는 거지. 벼랑 끝에서 한 발짝 더 갈 수 있다네."

2022년 2월에 돌아가신 이어령 선생의 마지막 이야기 『이어령의 마지막 수업』에 나오는 말입니다. 쓰고 쓰고 또 쓰다가 마지막에는 죽음에 대해 쓰는 사람, 죽음을 기록하는 것이 글 쓰는 사람의 숙명이자 특권이라는 말처럼 들립니다.

저는 최근에 분노 가득한 메일을 한 통 받았습니다. 본인의 의지로 죽고자 하는 61세 남성이었습니다. 조력사를 고려 중인 거지요. 스위스 조력사 단체 몇 군데에 이미 가입 서류 신청도 했다고 합니다. 제가 스위스에 다녀온 후 한 중앙 일간지와 인터뷰를 했는데, 그 여파임을 짐작했고, 아차 싶어 검색해 보니 한 포털에 제 연락처를 꼭 알고 싶다는 글이 올라와 있었습니다. 제게 죽음을 상의하고 싶은 또 다른 사람이겠지요. 예전 '행복 전도사' 처럼 이러다 '죽음 전도사' 가 되는건 아닌지 모르겠습니다. 받고 싶지 않은 잔이 제 앞에 점점 늘어나고 있습니다. 당사자들은 무거운 죽음 보따리를 제 앞에서 풀어 보이는 것으로 그 순간 약간의 위로를 얻지만, 함께 들여다보는 저는 그야말로 '죽을 맛' 입니다. 가뜩이나 우울한 기질인 저를 우울의 우물로 끌어들이고 있으니... 그럼에도 어느새 저는 이어령 선생의 말처럼 '죽음을 쓰는 사람' 이 되어 갑니다.

아까 '분노에 찬 메일' 이라고 했지요? 그분은 스위스의 정신 의학자 퀴블러로스의 임박한 죽음에 대한 심리적 5단계

(부정, 분노, 타협, 우울, 수용) 반응 중 2단계를 겪고 있는 것 같았습니다. 분노의 계단에 아슬아슬 발을 걸친 채 억울한 마음을 제게 쏟아내고 있었습니다.

결론을 말하자면 수용의 단계에서 죽음은 아름다워집니다. 빛이 납니다. 승화됩니다. 삶도 덩달아 완성됩니다. 퀴블러로스는 수용 단계에 이를 수만 있다면 위대한 영적 빛과 철학적 평온을 맞이하게 된다고 말합니다. 성인급 죽음 수준인 거지요. 보통 사람인 우리 대부분은 이르지 못한다는 의미이기도 합니다. 우리 대부분은 광야를 헤매는 출애굽한 이스라엘 백성들처럼 부정, 분노, 타협, 우울의 상태를 반복하다가 가나안의 복된 죽음을 맞지 못한 채 광야에서 죽음을 맞게 되는 거지요.

그러나 '수용'에 이르는 방법이 있습니다. 어떻게?

막상 내 죽음이 닥쳐 봐, 그게 되나

퀴블러로스가 관찰한 죽음의 5단계(부정, 분노, 타협, 우울, 수용) 중 4단계까지는 표현만 다를 뿐 모두 죽음을 거부하는 모습이죠. 퀴블러로스 또한 죽기 전 같은 단계를 밟는 걸 보고 지켜본 사람들이 놀랐다죠. 당신은 안 그럴 줄 알았다면서. 부정, 분노, 타협, 우울 과정 없이 단박에 수용할 줄 알았다면서. 그때 퀴블러로스 왈, "지금까진 다 남의 죽음이었잖아. 막상 내 죽음이 닥쳐 봐, 그게 되나." 이러더라는 거죠. 그러니까 퀴블러로스가 수용의 단계로 나갔는지 못 나갔는지 우리로선 애매한 거죠.

죽어가면서 진정 죽음을 수용할 수 있다면 삶과 죽음이 동시에 완성된다고 했지요. 그게 무슨 의미인지 정신과 의사이자 영성가인 스캇 펙의 말을 들어보지요.

대다수 사람들은 마지막 숨을 거두기 전까지도 자신이 죽어가는 것을 부정한다. 그중 자신에게 시간이 얼마 남지 않았음을 아는 사람들은 빠른 속도로 성숙해진다. 이럴 경우 그들은 일생 회피해온 문제와 정면으로 부딪치게 되기도 한다. 죽음에 이른 순간에 그 문제를 해결하는 것은 기쁨이자 특권이다. 임종 시의 고백과 대화는 가능할 것 같지 않던 용서와 화해를 이루며 커다란 성장을 불러온다. 죽어가는 사람들은 매우 진실해지고 아주 빠르게 결정한다. 죽음이 배움과 영혼의 성장을 위한 기회가 될 수도 있는 것이다.

- 『이젠, 죽을 수 있게 해줘』(M.스캇 펙 저/조종상 역, 율리시즈) 중에서

수용의 단계로 나갈 수만 있다면 일생 꼬여있던 문제가 그

순간에 풀릴 수도 있다는 거지요. 흔히 "내가 이것 때문에 눈 못 감는다, 천추의 한이 될 것 같다."던 문제가 극적으로 해결된다는 거지요. 저 또한 죽음의 문턱까지 가지고 갈 간절한 기도가 있습니다. 그것이 죽음 앞에서, 죽음을 순순히 수용하는 순간 녹을 수도 있다는 의미인 거지요. 생각만으로도 기쁩니다.

그렇다면 어떻게 수용 단계로 나갈 수 있느냐는 건데요, 한마디로 자아를 놓아버릴 때 가능합니다. 이 단계의 축복은 자아를 벗고 영혼을 입을 수 있는 사람에게만 부여됩니다. 4단계까지는 같은 차원에서 심리 상태만 달리하며 맴도는 상황인 반면, 5단계는 차원을 달리하는 '도약' 입니다. 애벌레가 나비로 날아오르는 것과 같은. 애벌레라는 자아적 존재가 나비라는 영적 존재로 변환이 될 때 비로소 5단계의 죽음 축복을 맞이하게 되는 거지요.

영성의 배내옷, 영성의 수의

그럼 자아로서의 나는 뭐며, 영혼으로서의 나는 뭘까요?

죽음을 비로소 인정하는 수용의 단계에는 누구나, 아무나 이를 수 없다고 했습니다. 속된 말로 발악을 하거나 공포에 떨거나 질린 상태로 죽는 게 아니라 존엄하게, 의연하게, 평온하게 눈을 감기가 그만큼 어렵다는 거지요. 겉으로 그런다는 게 아니라 깊은 내면에서 말입니다. 자아적 차원의 인간과 영적 차원의 인간이 여기서 갈립니다.

이해를 돕기 위하여 제가 이야기를 하나 할게요.

김진홍 목사님 아시죠? 청계천 빈민촌 선교 및 두레공동체를 만든 분이죠. 이분이 젊었을 때 시국사건에 연루되어 감옥엘 갔더랍니다. 0.7평 독방에 갇혔는데 팔을 완전히 펼 수 없는 공간이었다네요. 저도 고시방 비슷한 데서 살아봐서 어느 정도인지 가늠이 됩니다. 다른 책은 다 뺏고 성경책만 하나 넣어주더래요. 감옥에서는 성경을 '이스라엘 무협지'라고 한다네요. 할 일이 아무것도 없으니까 오직 성경만 읽는 거지요. 6번째 읽는데 성경 속 활자가 살아서 움직이더랍니다. '나쁜 놈은 나를 가둔 박정희가 아니라 바로 나'라는 회개의 눈물이 쏟아지면서 살아계신 예수님을 깊이 만났다고 합니다.

김 목사와 동갑인 김지하 시인도 같은 사건으로 같은 감옥에 갇혔답니다. 두 분이 나란히 독방에 수감되신 거지요. 할 일이 하나도 없으니까 역시 성경을 읽는데 이 분은 예수에 대해 말하길 '세상에서 가장 아름다운 사람'이라고 했답니다. 똑같이 성경을 읽었지만 김 시인은 예수님을 인간으로만, 활자로만 만난 거지요. 출옥 후 피폐해져서 정신병원에 입원하기도 했지만, 예의 지성에서 나오는 정신력으로 다시 건강을 추슬렀다고 해요. 같은 환경, 같은 시간 속에서 한 사람은 축복을, 한 사람은 고초를 겪은 거지요.

두 분 속에서 저는 영적 인간과 지적 인간의 극명한 대비를 봅니다. 사람이 지적이기도 힘들지만, 영적이기는 힘들다기보다는 어떤 신비가 작용합니다. 말로는 설명이 안 되는, 밖에서 주어지는 인격적인 터치가 있어야 하는 거지요. 내 노력만으로는 안 된다는 뜻입니다. 사람은 본능적 부류, 지적 부류, 영적 부류로 나눌 수 있지요. 지적인 사람이 되는 데에도 소질이 있어야 하지만(가령 책을 전혀 안 읽는 사람들이 있잖아요), 여하튼 인간의 노력, 의지 영역에 속하지요. 그렇게 해서 소위 인문적 인간이 되는 거지요. 그런데 지적인 인간의 문제는 '자아가 충만' 해 진다는 데 있습니다. 무턱대고 자존심이 세집니다. 자기 생각으로 꽉 차게 되니까요. 내가 옳으니까요. 내가 내 삶의 주인이니까요. 희한하게도 자존심에 반비례해서 자존감은 낮습니다. 그러면서도 정신력과 의지는 강합니다.

다시 죽음 이야기로 돌아가, 본능적 삶이야 말할 것도 없고 지적 삶 역시 죽음의 수용 단계로 나가기 어렵습니다. 죽음 앞에서까지 자기 고집을 부리면서 제대로 못 죽는다는 뜻입니다. 죽음 앞에서만큼은 자아를 벗어야 합니다. 자기를 내려놓아야 합니다. 마치 배영을 할 때처럼 편안히 물 위에 누워야 하는 거지요. 어떤 물? 영성의 물이요. 영혼으로서의 나를 만나야 한다는 뜻입니다. '영성의 배내옷'을 입고 삶을 시작하여 '영성의 수의'를 입고 죽음을 맞이하는 것, 그것이 진리라는 걸 저는 나이 60에 깨달았습니다. 너무 늦지는 않았지만, 많이 늦었습니다.

죽음은 옷 벗기

죽음은 옷을 벗는 일입니다. 죽었으니까 옷을 벗는 게 당연하다고요? 그래도 수의는 입지 않냐고요? 그런 옷이 아닙니다. 자아의 옷을 벗는다는 뜻입니다. 평생 '나'라고 껴입고 살아온 에고, 자아에서 빠져나오는 것이 죽음입니다. 자아의 옷을 벗을 때의 느낌은 우주복에서 풀려 난 우주 탐사인, 꽉 끼는 고무 옷을 벗는 잠수부, 코로나 방역복을 벗는 순간의 의료인의 기분과 유사할 것 같아요. 얼마나 후련하고 홀가분할까요. 해방감과 자유로움에 덩실 춤을 출 테죠.

우리는 태어나는 순간 자아라는 옷을 입습니다. 배내옷을 입는 게 아니냐고요? 그런 옷을 말하는 게 아니라니까요. '너와 분리된 나'가 되기 위한 옷이죠. 올림픽에 출전한 선수들은 철저히 자기가 중심이지요. 거기서 "지는 게 이기는 거야." "너의 승리가 나의 승리보다 기뻐."라는 말 따위는 과장하자면 미친 소리에 헛소리, 새빨간 거짓말이죠. 그럴 거면 아예 올림픽에 나오지도 않았죠.

우리도 똑같지요. 우리 모두는 자아라는 유니폼을 입고 삶이라는 전선을 달리는 선수입니다. 무한 경쟁의 레이스가 펼쳐집니다. 내가 이기고 볼 일입니다. 나부터 살아야 합니다. 헐떡이다 보면 남의 불행이 때론 나의 행복이자 안위가 되기도 하죠. 상대 선수가 엎어져야 내게 보다 유리해지는 운동경기처럼.

자아의 옷은 갈수록 죄어옵니다. 욕구와 좌절로 미어지고, 희로애락에 마찰되며, 남과의 비교로 거칠어집니다. 습관과 성격이라는 특정 무늬를 새기며, 탐욕, 허세, 시기, 질투의 얼룩과 번질대는 욕망과 세속의 때에 절어 갑니다. 게으름과 불성실로 올이 풀리고 자괴와 수치의 구멍이 나기도 합니다. 그 와중에 자존심이 구겨지고 몹시 창피한 일을 당하면 애지중지하던 그 옷을 스스로 찢어버리기도 합니다. 자살을 하는 거지요. 여하간 자아는 자신이 남보다 못난 꼴을 못 봅니다. 허구의 자기를 만들어 놓고 현실의 자기가 거기에 미치지 못한다며 스스로를 들볶습니다. 내가 잘 나야 하고, 나만 돋보여야 합니다. 그 옷의 원단이 원래 그렇게 생겨 먹었으니까요.

그럼에도 누구나 자아를 벗어야 하는 순간이 옵니다. 근사 체험자들은 의식이 흐려지면서 지나간 생이 마치 영사기를 돌리듯 파노라마처럼 눈앞에 펼쳐졌다고 공통으로 진술하지요. 저는 이것을 자아라는 옷을 벗는 신비한 경험으로 이해합니다. 욕탕에 들어가기 전에 탈의실에서 옷을 벗듯이.

죽음은 지상에 자아의 옷, 에고의 옷을 반납하는 일입니다. 옷에 겹겹이 갇혀 속살이 한 번도 드러난 적이 없었던 사람일수록 당황할 수밖에 없을 것입니다. 대중목욕탕에 처음 갔을 때처럼. 꽉 끼는 옷을 입은 사람일수록 벗을 때 애를 먹겠지요. 그러기에 평소에 옷을 좀 헐렁하게 입어야 합니다. 때가 되면 훌러덩 벗을 수 있도록 가볍고 편한 옷으로. 그러려면 어떻게 해야 할까요?

다른 사람도 저 옷 밑에 나하고 똑같은 몸뚱이를 가지고 있다는 것을 연민과 사랑으로 볼 수 있어야겠지요. 내 것이라고 움켜쥔 손은 다소나마 힘을 풀어야 하고요. 무엇보다 옷이 내가 아니라는 것을 깨달아야 할 테고요. 자아는 본래의 내가 아닙니다. 그 깨달음이 온다면 죽음이 훨씬 덜 무서울 것 같아요. 그냥 옷을 벗는 거니까요. 버리고 갈 것만 남아서 참 홀가분하다고 한 박경리 선생처럼.

인간이 된다는 것, 그것이 예술

인간이 된다는 것, 그것이 바로 예술이라고 독일 어느 시인은 말했습니다. 우리는 모두 예술가입니다. 저마다 인간으로 깊어지면서 독특한 향으로 익어가는 중이니까요. 예술로의 인간 완성은 어느 지점일까요? 죽음이 아닐까요? 인간을 궁극적으로 인간답게 하는 것, 그것이 죽음이 갖는 의미입니다. 죽음은 삶의 정직한 마무리라는 점에서 화룡점정과도 같습니다. 죽음 앞에 정직할 수 없다면 정직할 수 있는 기회를 영원히 잃는 것일 테죠. 죽음은 삶을 정직으로 결산할 것입니다.

그렇다면 인생의 거짓됨은 무엇일까요? 저는 이렇게 생각합니다. 오늘 내가 죽는다고 할 때 무엇이 마음에 가장 걸리는가에 있다고. 그것을 해결하지 못하고 간다면 거짓을 안고 가게 되는 거라고. 누군가는 살날이 얼마 남지 않아서 도저히 풀 시간이 없다며 절망할 것입니다. 누군가는 시간이 있다고 해도 자신의 힘으로는 풀 가망이 없다고 더더욱 절망할 것입니다.

죽음은 이 모든 거짓에서 우리를 놓여나게 할 것입니다. 거짓이란 말이 거슬린다고요? 내가 무슨 거짓말을 했냐고요? 그렇다면 인간으로서의 한계라고 고쳐 말하지요. 살아오면서 평생 끌탕을 해온 일이 있을 것입니다. 제 나이 언저리, 60년 정도를 살아보면 그것이 또렷하게 수면 위로 떠오릅니다.

선불교의 조사(祖師) 마조선사에 관한 이런 이야기가 있습니다. 좌선수행에 빠진 마조에게 스승 회양이 다가와서는 무엇을 위해 그리 열심인지 물었답니다. "부처가 되려고 합니다." 마조가 이렇게 대답하자 스승은 기왓장을 가져와 마조 옆에서 갈기 시작했습니다. "기와를 갈아서 뭘 하시려고요?" "거울을 만들려고 하네." "아니 기왓장을 간다고 어떻게 거울

스위스 안락사 현장에 다녀왔습니다

이 됩니까?" 스승 회양이 물끄러미 마조를 바라보며 이렇게 말했지요. "기왓장을 간다고 해서 거울이 될 수 없듯이 좌선으로는 부처가 될 수 없네." 우리는 어쩌면 평생 기와를 갈아 거울로 만들려고 헛짓을 하고 있는지 모릅니다. 아니면 좌선으로 답을 찾겠다는 마조와 같이 평생을 두고 끌탕하고 있는 일에 의지적으로 덤볐을지도요.

저는 기와 갈이와 좌선을 동시에 해 온 것 같습니다. 제게 글쓰기는 좌선과 같으니까요. 그러나 그 모든 괴로움은 날이 밝음과 동시에 또다시 저를 덮쳐오곤 합니다. 언젠가 닥칠 죽음만이 그것을 내려놓게 할 것입니다. 죽음 밖엔 답이 없어요. 엊저녁, 삶의 옷을 곧 벗게 될 독자와 오랜 시간 통화를 했습니다. 서울에서 부산까지 가는 경부선 열차에서 우연히 옆자리에 앉게 된 사람들처럼. 그분은 저보다 먼저 내릴 예정이지요. '끌탕 보따리'는 그대로 가뿐히 둔 채. 저는 그분과 자주 대화를 합니다만, 무겁디무거운 내 보따리를 내려다보며, 곧 맞이할 죽음으로 인해 자유롭고 홀가분할 그분에 대한 공감이 어제 비로소 들었습니다.

나의 영끌리스트

죽음에 대해 자주 생각할수록 더 잘살게 됩니다. 가령 사소한 일로 속을 끓이거나 작은 손해에 전전긍긍할 때가 있잖아요. 콩이니 팥이니 따져야 직성이 풀리고, 귀신은 저런 거 안 잡아가고 뭐 하나 할 만큼 미워죽겠는 인간, 생긴 것도 메주에다 재주가 메주라 잘하는 게 하나도 없는 나 자신도 곧 죽는다고 생각하면 덜 밉살스럽죠. 그게 곧 잘사는 태도잖아요. 이 세상에 속한 일 중에 죽는 거 빼놓고, 죽는 거에 비해서 대수인 게 뭐가 있나요. 하나도 없죠. 그럴 때 저는 덜 쪼잔해집니다. 더 정직해집니다. 과감해집니다. 초연해집니다. 나도 모르게 너그러워져서 잠시나마 남을 나처럼 대하게 됩니다. 죽음은 궁극의 성장 동력이니까요.

이런 묘비명이 있습니다.

> 지나가는 이여, 나를 기억하라
> 지금 그대가 살아 있듯이
> 한때는 나 또한 살아 있었노라
> 내가 지금 잠들어 있듯이
> 그대 또한 반드시 잠들리라

'나는 곧 죽는다'는 사실을 '막연히' 아니고 '확실히' 의식하면, 막연하던 삶도 확실해집니다. 죽음에 대해 구체적으로 생각할수록 삶도 구체적으로 생각하게 됩니다. 버킷리스트라는 게 그런 거잖아요. 죽음을 전제한 목록이잖아요. 물론 대부분 죽음과는 상관없는 내용으로 채워지지만. 일례로 '유명 관광지 어디를 가보고 싶다, 죽기 전에 이걸 먹어 보고 싶다,

저걸 갖고 싶다, 뭘 배우고 싶다.' 이런 게 무슨 버킷리스트인가요. 이건 그냥 소확행 리스트죠. 이딴 걸 하자고 죽음까지 끌어들일 게 뭐가 있나요. 정말로 죽음을 진지하게 생각한다면 저런 리스트가 나올 수가 없겠죠. 괜히 죽음을 핑계 삼는 거죠.

제게도 버킷리스트가 있습니다. 나와 인연 닿은 사람들을 사랑하고, 위해서 기도하는 것, 사명과 소명으로 죽기 직전까지 글을 쓰는 것, 하나님의 질서 속에서 하나님이 내게 원하는 삶을 사는 것, 영혼의 결이 맞는 사람들과 지속적인 교류를 갖는 것, 내게 속한 물질을 눈곱만큼이라도 나보다 어려운 사람들과 나누는 것입니다. 이를 위해 쉬지 않고 기도하며, 항상 기뻐하고, 범사에 감사하겠습니다. 감히 말하건대 이건 정말 저의 죽음을 전제한 리스트입니다. 요즘 유행하는 말을 붙이자면 '영끌리스트'입니다. 제 여생이 걸린 과업입니다. 두려움 없이 가야 하는 엄숙한 과정이자 의미 있는 여정입니다. 여러분은 어떤 버킷리스트, 영끌리스트를 갖고 계시는지요?

죽음 앞의 소망

제 지인은 당하는 죽음에서 '맞이하는 죽음'을 맞고 싶은 소망이 깊다고 합니다. 맞이하는 죽음은 준비하는 죽음입니다. 나아가 '초대하는 죽음'입니다.

준비까지는 좋은데, 죽음을 초대하다니 너무 심한 거 아니냐고요? 삶에 대한 모독이 아니냐고요? 저는 그렇게 생각하지 않습니다. 죽음을 초대한다는 것은 삶을 완성한다는 의미입니다. 자기 앞의 생을 온전히 살아낸 사람은 죽음의 초대

장을 담담히, 나아가 기쁘게 받아들 것입니다. 그렇게 한 사람이 누가 있냐고요? 성인들이 그렇게 했지요. 저는 요즘 플라톤의 『파이돈』을 읽고 있습니다. 『파이돈』은 소크라테스가 사형 판결을 받고 죽음의 독배를 마시던 날, 제자, 친구, 지인들과 나눈 대화록입니다. 요즘으로 치면 사형집행현장을 유튜브로 생중계한 거죠. 무슨 이야기를 나눴냐고요? 영혼과 육체, 내세에 관한 이야기였습니다. 내용이야 짐작이 가실 테고, 제가 말하고 싶은 것은 죽음을 기꺼이 받아들이는 소크라테스의 태도입니다.

독이 심장에 퍼져나가는 최후의 순간에 그가 한 말이 유명하지요.

"내가 닭 한 마리를 빚졌다. 그걸 갚아달라."

의아하게 생각하는 분들도 계실 테죠. "이 무슨 뜬금없는 소리다냐? 아무리 백수라도 그렇지, 소크라테스가 동네 닭서리나 하고 다녔다는 건가? 그럼에도 성인급 양심의 소유자인

스위스 안락사 현장에 다녀왔습니다

지라 죽음의 순간 양심에 찔려 닭값을 대신 좀 물어주라는 유언 아닌 유언을 하는 건가?" 하고요. 그렇다고 하더라도 진솔한 모습입니다. 죽음 앞에서 우리는 완전히 발가벗게 됩니다. 육체가 사라지기 때문이지요. 육체는 영혼의 옷과 같아서 영혼의 흠에 관한 한 가릴 것 가려주고, 숨길 것 숨겨줍니다. 마치 지금 제 옷이 밉살맞은 똥배와 처진 엉덩이를 감춰주듯이.

그런데 닭 한 마리 빚졌다는 건 그런 의미가 아닙니다. 고대 그리스에는 병이 나으면 의술의 신에게 감사의 뜻으로 닭을 바치는 관습이 있었다고 합니다. 수술이나 입원 환자가 퇴원하면서 의사 선생님께 감사 표시하듯이. 따라서 지금 소크라테스는 죽음으로 인해 모든 병이 나았다는 뜻으로, 삶이 완치되었다는 의미로 신전에 닭을 바치겠다고 말하고 있는 겁니다. 하지만 자기는 지금 죽어야 하니 자기 대신 닭값을 누가 좀 내달라는 거지요. 죽음은 삶의 완성이자 나아가 완치입니다. 예수의 '다 이루었다.'는 말이나 소크라테스의 '닭 한 마리 빚졌다.'는 말은 각기 신본주의와 인본주의의 최고 경지에서 할 수 있는 말입니다.

우리는 성인이 아니니 성인처럼 초대하듯 죽음을 맞을 수
는 없겠지요. 그러나 우리에게도 저마다 완수할 삶의 과제는
있습니다. 그 과제를 지금 시작해야 합니다. 늦었다고 생각할
때가 가장 빠르다는 말은 죽음 준비를 위해 만든 말처럼 어
쩜 이리 딱 맞는지요!

사후 세계의 확신

삶과 죽음에 관한 시선은 어떨까요? 제 경우 살날이 산 날 보다 명백히 적어지면서 선택의 여지 없이 죽음 쪽으로 시선 이 옮겨집니다. 지금 여기를 잘 살기 위해서 죽음을 상기하면 서도, 죽음 그 자체를 자주 생각하고 준비하게 됩니다.

지난해 2021년 12월 16일에 저는 기독교인이 되었습니다. 회심(回心)으로 인해 육으로는 1963년 4월 14일생이지만 영 의 자녀로는 2021년 12월 16일생으로 다시 태어났습니다. 그

날부터 영의 부모 예수 그리스도의 품에서 성화(聖化)의 젖을 먹기 시작했습니다만, 저처럼 완악한 인간이 성화라고 해봤자 날마다 시시포스의 돌입니다. 나는 안 되는 인간이라는 좌절감만 매 순간 확인하는 거지요. 시시포스의 돌처럼 늘 제자리로 돌아와 있는. 그럼에도 여하간 죽음 이후는 걱정하지 않아도 되었습니다. 예수님과 함께 십자가에 달린 우편 강도처럼 순전히 무임승차인 거죠.

제 삶은 초라하고 혼란스러웠지만 죽음 이후는 '대박'입니다. 영생의 축복을 받았습니다. 천국까지는 몰라도 일단 낙원에는 명단을 올렸습니다. 천국과 낙원이 어떻게 다르냐고요? 낙원은 천국을 가기 위한 대기 장소입니다. 서울역이나 강남고속버스터미널 같은 곳이죠.

예수 믿는 사람이라 해서 무조건 천국으로 직행하는 게 아니라 일단 낙원에서 심사를 받습니다. 티켓 검사를 하는 거지요. KTX 열차 승객인지, 무궁화호를 탈 사람인지, 우등고속인지 일반고속버스 탑승자인지 대합실인 낙원에서 판가름이 납니다. 저야 뭐 아무거나, 입석이라도 감지덕지합니다. 제가 하는 말이 우습다면 아직 죽음에 대해 심각하게 생각하지 않는 사람입니다. 남의 죽음에는 얼마든지 이런저런 말을 할 수 있고, 아무 말도 안 할 수 있습니다. 좋은 데 갔을 거라든가, 윤회나 유물론적 관점에서 말이지요. 저도 그랬습니다. 하지만 저 자신의 죽음을 정말로 심각하게 생각해 보니 그렇게 되지 않더라고요. '죽으면 어떻게 되는 것일까, 나는 어디로 가는 것일까.' 그 문제보다 더 중요한 게 없더라고요. 막연히 어딘가로 간다거나, 다시 태어난다거나, 죽으면 그걸로 끝이라는 말을 자기 죽음을 두고도 할 수 있습니까?

죽음 이후의 세계, 삶 너머의 삶은 자기 확신으로, 믿음으로 보장됩니다. 그 확신, 이제 저는 있습니다!

신이 뭐가 아쉬워서

제가 회심(回心)했다고 했더니, 어떤 분이 회심이란 비종교인 들에게는 낯선 단어라고 하셨습니다. 새삼 사전을 찾아보니, 1. 마음을 돌이켜 먹음 2. 기독교; 과거의 생활을 뉘우쳐 고 치고 신앙에 눈을 뜸 3. 불교; 나쁜 데 빠져 있다가 착하고 바 른길로 돌아온 마음, 이렇게 정의되어 있네요.

저의 회심은 2번에 속하는 회심입니다. 인본주의에서 신본 주의로 마음을 돌이킨 것입니다. 돌이킨다는 것은 무엇입니

스위스 안락사 현장에 다녀왔습니다

까. 방향을 바꾸는 거지요. 동쪽을 바라보고 있다가 서쪽으로, 북쪽을 향해 있다가 남쪽을, 앞을 보이고 섰다가 뒤를 보이는, 전과는 정반대 편에 서는 거지요. 점진적일 수도 있고 일순간 '획' 돌아설 수도 있지만 일단 돌아서고 나면 완전히 다른 세상입니다.

저를 아끼는 친구가 저를 생각해서 말하길 그렇다고 너무 빠지지는 말라고 했습니다. 가만 보면 제게 그런 면이 있다고. 뭐에든 골똘히 빠져든다고. 맞는 지적입니다. 제가 그런 면이 있지요. 하지만 신앙에 관한 한 그 말은 '음식을 삼키는 듯하다가 뱉어 버려라, 잠이 드는 동시에 깨어 버려라.'는 것과 같습니다. 그랬다간 건강을 망치게 되지요. 계속 그랬다간 죽게 되지요. 음식은 먹어야 하고, 잠은 자야 하는 것처럼 신앙에는 어정쩡한 상태란 없습니다. 게걸음처럼 옆으로 갈 수는 없는 것입니다.

『팡세』의 저자 파스칼은 '신앙은 선택'이라고 했습니다. 마치 도박사가 손에 든 화투장에 자신의 전 재산을 걸듯이 신앙인은 자신이 믿는 것에 자신의 영혼을 건다고 했지요. 요즘 자주 쓰는 '영끌'이란 말은 파스칼이 원조 격이죠. '영끌 대출, 영끌 투자'란 영혼까지 끌어모아 있는 것, 없는 것 다, 전부를 건다는 말이잖아요. 신앙에는 '영끌 신앙'만이 존재합니다.

그러기에 성경은 "태초에 하나님이 천지를 창조하시니라."라고 시작하는 겁니다. 영문으로는 "In the beginning, God created the heavens and the earth." 이지요. 창세기 1장 1절을 펼치는 순간 창조론, 진화론, 유신론, 무신론을 운운하는 자체가 인간의 놀음, 혼적 유희라는 것을 깨닫게 됩니다. 부끄러워지지요. "내가 만든 세상이다, 나는 나다, 그 사실을 믿으려면 믿고, 말라면 말아라."는 신의 선언입니다.

신이 뭐가 아쉬워서 인간한테 자신의 존재를 증명합니까. 자식한테 "내가 너를 만들었거든, 제발 믿어 줘. 못 믿겠다고? 어떻게 증거를 보여줄까?" 이러는 부모 없듯이요. "네가 선택해라. 내 품에서 자라든, 집을 나가든." 제가 회심할 수

밖에 없었던 신의 한 마디였고, 소망 없는 제 인생을 건져내
는 신의 한 수였습니다. 회심이란 용어를 설명하려다 저의
신앙고백이 되었네요.

"신 작가님이 스위스 안락사에 다녀오신 글을 어떻게 쓰실까 걱정 반, 기대 반입니다. 쓰기에 무척 어려운 글이라고 생각됩니다. 먼저 방향을 정해야 하는데, 세상일이 다 그렇듯이 어떤 방향이든 맞기도 하고 틀리기도 하니까요. 따라서 글의 방향을 확정하기가 참 어려우실 것 같습니다."

글을 마무리하는 단계에서 지인으로부터 이런 메시지를 받았습니다. 제 마음을 잘 헤아려주신 것이 반갑고 고마웠습니다.

"말씀하신 대로 바로 그 글의 방향 때문에 출간을 포기할 생각도 했습니다. 돌아가신 분을 생각한다면 안락사를 긍정하는 쪽으로 써야 하는데 제가 스위스를 다녀온 후 그만 하나님을 만나버렸습니다. 그러니 안락사를 반대하는 쪽으로 쓸 수밖에 없게 되었지요. 그렇게 되면 돌아가신 분과 유족들께 미안하여 책을 내지 않는 것이 차라리 낫겠다고 생각한 거지요. 그러던 차에 안락사를 택하고 싶다는 사람들이 제 앞에 속속 나타났지요. 통역 등 실질적 절차를 도와줄 수 있냐는 문의를 포함하여. 그런 일이 생기면서 생각의 방향이 급선회했습니다. 이분들의 마음을 돌려야 하고, 이분들의 영혼을 구해야 한다는 사명감이 생겼습니다. 하나님이 그래서 저를 만나주셨다는 확신이 듭니다. 글을 쓰는 동안 극심한 안구건조증으로 3개월 이상을 중단해야 했습니다. 도중에 컴퓨터가 고장이 나기도 했고요. 돌이켜 보면 '하나님의 시간 벌기, 시간 끌기'였던 것 같습니다. 제 글의 방향을 돌리기 위한. 사망에서 생명으로!

　이 글을 쓰는 내내 무겁고 고단합니다. 이렇게 힘든 글은 처음입니다. 몸도 아픕니다. 죽음의 그림자와 다퉈야 하기 때문이겠지요. 어서 벗어나고 싶습니다. 하지만 다지고 또 다지며 나갑니다. 이 책이 세상에 나오면 반향이 클 것이기 때문입니다. 마치 신과 사탄의 대결처럼."

스위스 조력사 단체에 회원으로 등록한 한국인이 100여 명이라고 합니다. 등록했다고 실제로 모두 행하는 건 아니겠지만 조력자살을 하나의 개인적 선택 권리로 받아들일 때 사회에 미치는 영향은 매우 심각할 것입니다. 쉬운 길을 택하고 싶은 유혹의 덫에 걸릴 것입니다. 악용될 사례도 있을 것입니다. 주변의 무언의 압력에 못 이긴 마지못한 선택은 왜 없겠습니까. 죽는 게 어떻게 쉬운 길이냐고, 오죽하면 제 목숨 제가 끊는 방법을 택하겠냐고, 남의 일이라고 함부로 말하지 말라고 하실 수도 있겠지요. 하지만 그 말은 우리 모두는 쓰고 버리는 물질적 존재일 뿐이라는 말처럼 들립니다. 몸이 아프니, 즉 기계가 고장났으니, 더구나 고칠 수도 없으니 폐기하자는 소리가 아니고 뭔가요? 단, 우리는 움직일 수 있는 물체니 스스로 폐기하든, 남이 폐기하든 그야말로 상관없겠지요.

스위스 안락사 현장에 다녀왔습니다

조력자살은 인간이 '영혼이 없는 존재' 라는 전제하에 결행할 수 있다는 뜻입니다. 죽으면 다 끝이라는 생각에서만 할 수 있는 일입니다. 인간은 그저 단순 물질이며 그 물질을 작동하는 주요 부위인 뇌로 인해 정신활동을 하는 존재라는 뜻이지요. 나아가 그 뇌가 신조차 만들었다는 거지요. 워낙 머리가 좋으니까요. 뇌작용과는 무관한 영역, 즉 영혼을 인정하지 않을 때 선택할 수 있는 것이 조력사입니다. 그런 의미에서 인간의 안락사는 신을 먼저 안락사시킨 후에 가능한 일이겠지요.

여러분, 만약에 말이지요, 죽은 후 천국이 정말 있으면 어쩌실 겁니까. 확률은 반반입니다. 있거나, 없거나. 저 같으면 있다고 믿겠습니다. 있으면 가는 거고, 없으면 말고죠. 안 믿어서 손해나지, 믿어서 손해날 건 없잖아요. 없다고 믿었는데 있으면 어쩔 거냐는 거죠. 손해 정도가 아니라 영원한 죽음입니다. 그런데 자살하면 천국 못 갑니다. 안락사는 자살입니다.

죽음은 끝이 아닙니다. 당장 고통을 피하기 위해 내 선택으로 죽음의 문을 호기롭게 열어젖혔는데 그 문을 여는 순간 더한 고통에 집어삼켜진다면 그보다 더 큰 낭패와 절망이 있을까요. 지상에서는 한 번의 죽음뿐이지만 그때부터는 영원한 죽음입니다.

당신이 그걸 어떻게 아냐고 비웃듯 따지지 마세요. 그 전에 '이성적'으로 생각해 봐요, 우리. 우리가 이 세상에 올 때 내가 정해서 오지 않았죠. 탄생은 완전한 신비이며 비밀인 인간 밖의 영역입니다. 생(生)이 그렇게 시작되었다면 사(死)도 그렇게 맺어져야 하는 것 아닐까요? 젓가락 한 쌍처럼 생사가 한 쌍이니, 태어남처럼 죽음 역시 인간 영역 밖에서 다뤄져야 하는 게 '옳은' 일입니다. 그런데 그것을 인위로 결행할 때, 그 부자연스러움에서 오는 대가를 반드시 치러야 할 것입니다.

스위스 안락사 현장에 다녀왔습니다

안락사를 포함한 모든 자살의 대가, 그 비용을 지불해야 한다는 것이죠. 그것은 어떤 형태로든 지금으로서는 상상할 수 없는 고통이 될 것입니다. 적금 중도 해약에서 오는 페널티 정도가 아니라는 거죠. 지상에서 가장 큰 죄가 살인죄듯이 천상에서도 살인죄를 가장 크게 다룰 것입니다. 남을 죽이나 나를 죽이나 생명을 부여해 준 입장에서는 똑같은 살인일 테니까요.

이제 무거운 짐을 내려놓습니다. 이 책이 세상에 나옴으로써 우리 사회의 안락사 논쟁에 '약방에 감초' 같은 역할을 할 테지요. 돌아가신 분 아내와 얼마 전 통화를 했는데, 안락사는 좋다면 본인한테만 좋은 거라는 말로 남은 사람들의 아픔과 상처를 표현하셨습니다. 사망 신고서를 제출하면서 사망 사유를 밝히기에 매우 난감했으며, 호주 뉴 사우스 웨일스주 현행법을 어겼으니 누구를 만나든 남편이 어디서 어떻게 죽었는지를 숨기게 된다고 했습니다. 남편이 그런 방식으로 세상을 떠나는 바람에 유족은 죄인이 된 심정으로 슬픔조차 오롯할 수 없다며 말끝을 흐렸습니다.

그분과 같은 시기에, 64세 같은 연령으로, 같은 폐암으로 세상을 떠난 분이 계십니다. 제 독자의 남편이시죠. 그 독자분께서 제게, 부디 말리라고, 그런 죽음을 선택해선 안 된다고, 당시 남편을 잃을 것 같은 본인의 불안감정이입 탓에 아주 절박하게 말씀하셨지요. 스위스로 동행하는 제가 밉기조차 하셨답니다. 그분은 지금 평안한 가운데 남은 자로서의 삶을 잘 꾸리고 계십니다. 어둠의 터널을 온전히 통과하면서 보다 편해진 마음으로 저와 식사 약속을 하실 정도로 여유를 되찾으셨지요. 배우자 상실이란 면에서는 같아도 순리에 맞는 죽음과 그렇지 않은 죽음을 경험한 두 아내의 모습이 나란히 겹칩니다. 순리에 따른 죽음의 상처가 한 줄기 아픔을

남긴다면 자연을 거스르는 죽음은 열창처럼 유족의 가슴을
사방 헤집는 것 같습니다. 아마도 생명의 주인이 내가 아니라
는 방증이 아닐까 싶습니다.

일반석도 아닌 비즈니스석을 타고 스위스까지 '거창한' 배
웅을 나갔지만 정작 저는 가시는 분의 행선지를 몰랐습니다.
사실 본인도 몰랐던 것 같습니다. 기막힌 일 아닌가요? 행장
을 완벽히 꾸리고 국제 공항으로 나갔는데 그 많은 나라 중
에 어디로 가야 할지 막막하다면 얼마나 황당하고 당황스럽
겠습니까. 되돌아보면 그런 상황이었습니다.

"선생님, 어디로 가시나요?"
"나도 몰라요, 어디든 가겠지요..."

지금 제가 만난 하나님을 그때 만났더라면 그분 손에 천국

행 티켓을 쥐어드렸을 테지만, 그리고 천국행 티켓은 스위스에서는 발행하지 않는다는 것을 분명히 알려드렸을 테지만 이제는 모두 돌이킬 수 없는 일이 되어버렸습니다.